AF837554

हृदय की प्यास

प्रसिद्ध लेखक आचार्य चतुरसेन
ऐसे आस्थावान साहित्यकार थे,
जो आधी शताब्दी तक निरंतर
साहित्य-साधना करते रहे
और उन्होंने हमें दो सौ से भी
अधिक महत्त्वपूर्ण रचनाएं दीं।

'हृदय की प्यास' आचार्यजी का अत्यंत
रोचक उपन्यास है।
इसमें उन्होंने ऐसे युवक-युवतियों की
सरस कथा कही है, जो वासनाओं की
ओर झुकते हैं और फिर
भावना तथा कर्तव्य की पहेली को
सुलझाने के प्रयास में लग जाते हैं।

प्रारंभ से अन्त तक अत्यंत
कौतूहल पूर्ण उपन्यास, जिसे अपने संपूर्ण
रूप में प्रस्तुत किया जा रहा है।

हृदय की प्यास

आचार्य चतुरसेन

डायमंड बुक्स

www.diamondbook.in

प्रकाशकाधीन

प्रकाशक : डायमंड पॉकेट बुक्स (प्रा.) लि.
X-30 ओखला इंडस्ट्रियल एरिया, फेज-II
नई दिल्ली- 110020

फोन : 011-40712200

ई-मेल : sales@dpb.in

वेबसाइट : www.diamondbook.in

Hriday Ki Pyas

By - *Acharya Chatursen*

एक

ज्येष्ठ का महीना समाप्त होने को था। रात के नौ बज गए थे। सुखदा अपने घर की मोरी पर बैठी जल्दी-जल्दी बर्तन मांज रही थी। उसकी चिररोगिणी सास का जी अच्छा नहीं था। वह बाहर आंगन में एक खाट पर माथा दबाए पड़ी थी। गरमी बेहद थी। हवा बिलकुल बंद थी। मोरी रसोईघर से लगी हुई थी। अभी चूल्हा अच्छी तरह से ठंडा नहीं हुआ था। उसकी घमस और अधजली लकड़ियों की चिरांध घर-भर में भर रही थी। पर सुखदा को ऐसी दम घोंट हवा में घर का धंधा करने का नित्य का अभ्यास था। वह जल्दी-जल्दी अपने बर्तन मांज रही थी। बर्तन तो मांज रही थी, पर उसका मन उचाट था। हवा के झोंके की तनिक भी खटका पाकर वह झट बर्तन छोड़, कान लगाकर, आहट लेने लगती थी। उसे यह भय हो रहा था कि कहीं स्वामी अचानक आकर कुंडी न खटखटाते रहें, और मुझे बर्तनों की खड़खड़ाहट में ख़बर भी न हो।

एकाएक जूतों की खटखटाहट सुनकर सुखदा अपना धंधा छोड़कर राख-भरे हाथों ही से द्वार की कुंडी खोलने को लपकी। द्वार खोलकर उसने दीये के धुंधले प्रकाश में देखा, स्वामी ही हैं, और उनका चेहरा आज भी प्रसन्न नहीं है। उसने हंसकर कहा, “यह क्या, आज अभी से दुकान बंद कर दी?”

सुखदा के पति का नाम प्रवीण चन्द्र था। उन्होंने देखा, घर मलिनता की मूर्ति हो रहा है। चारों तरफ धुएं से बिलकुल रंगी हुई दीवारों के घेरे में धुंधला दीया टिमटिमा रहा है। घर में गरमी और दुर्गंध भर रही है, अधमंजे बर्तन और जूठन छितराई पड़ी है, और सामने वैसी ही मलिनता की मूर्ति-उनकी स्त्री-मैली धोती और राख-भरे हाथों को लिये खड़ी है। घृणा से उनके होंठ सिकुड़ गए। उन्होंने मन में कहा, “सुंदरी न थी, साफ़ तो रहती। सुंदरता यदि ईश्वर की देन है, तो सफाई तो

अपने हाथ और परिश्रम से मिल सकती है।" उन्होंने एक ठंडी सांस लेकर कहा, "मेरी तबीयत अच्छी नहीं है, ज़रा लेगा, ऊपर बिस्तरा ठीक है न?"

सुखदा की हंसी बरसाती धूप की तरह उड़ गई। उसने कुछ उदासी के स्वर में कहा, "तो चलो, सो रहो। बिस्तर ठीक किए देती हूं।" इतना कहकर बिना किसी उत्तर की प्रतीक्षा किए ही वह हाथ धोकर ऊपर चली गई। प्रवीण बाबू भी कपड़े खोलकर ऊपर आ गए।

प्रवीण बाबू के शयनागार में वर्णन करने योग्य कुछ न था। खुली छत पर साधारण चारपाई पड़ी थी। उसी पर सुखदा ने दरी बिछा दी। प्रवीण बाबू हाथ-पैर धोकर छत पर टहलने लगे। थोड़ी देर ठहरकर सुखदा ने पति के पास आकर और उनका हाथ पकड़कर नरमी से कहा, "लेट रहो न, हवा खराब चल रही है, तबीयत ज़्यादा खराब न हो जाए!" प्रवीण ने उसकी तरफ़ बिना देखे ही ज़रा गरम स्वर में कहा, "तुम जाकर अपने धंधे से निपटो। मैं लेट जाऊंगा।" सुखदा ने अत्यंत अनुनय के स्वर में कहा, "तो तुम्हारा जी कैसा हो रहा है? ऐसे क्यों हो रहे हो?"

प्रवीण ने झुंझलाकर कहा, "कैसे हो रहा हूं? बेफायदा बात-बात पर तंग किया करती हो। मर्द को सौ तरह की फिक्र रहती है। क्या-क्या तुम्हें बताया करूं? तुम अपने चौके-बर्तन से निपट आओ न। व्यर्थ खड़ी क्या कर रही हो?"

सुखदा का मुंह सूख गया। वह अत्यंत उदास और दुःख-भरी दृष्टि से चुपचाप पति की ओर देखने लगी।

इस दृष्टि से प्रवीण के हृदय पर चोट लगी। कुछ नरम बनकर कहा, "तुम क्या समझती हो कि मुझे हैजा हो गया है? यों ही इधर-उधर की चिंता और गरमी से जी घबरा गया है। पर तुम्हें न जाने कैसी बीमारी है कि ज़रा-सी बात का बतंगड़ करके सवालों की झड़ी बांध देती हो!"

सुखदा इतना सुनकर भी चुपचाप खड़ी रही। हां, उसकी आंखें स्वामी के मुख पर से खिसककर उनके पैरों पर आ गिरी थीं। प्रवीण ने फिर कहा, "जाओ न, काम-

धंधों से निपट आओ। तुम्हें आधी रात तक मक्खी भिनकाने की बुरी आदत पड़ गई है। हज़ार कहो, पर असर कुछ नहीं होता।"

अब सुखदा धीरे से चल दी, पर प्रवीण ने देखा उसकी आंखों से आंसू टपक रहे हैं। उन्होंने लपक कर अपनी स्त्री का हाथ पकड़कर कहा, "यह क्या? तुम्हारे आंसू भी ऊपर रखे रहते हैं।" वे और भी कुछ कहना चाहते थे, पर सुखदा एकदम फूट-फूटकर रो उठी। प्रवीण बाबू से कुछ भी सांत्वना देते न बन पड़ी। वे चुपचाप खड़े-खड़े उस अपमानिता का रोना देखने लगे।

अब प्रवीण बाबू की सहृदयता जागी। वे भीतर-ही-भीतर अपनी क्रूरता को धिक्कार देने लगे। एक व्यथा धीरे-धीरे उनके मन को व्याकुल करने लगी। वे सोचने लगे, "यह सत्य है कि सुखदा सुंदरी नहीं है, पर केवल इसीलिए क्या इसका ऐसा निर्दय तिरस्कार करना उचित है? फिर इसका-सा सुंदर हृदय कितनी स्त्रियों का है? इसकी इतनी विनय, परिश्रम, सहनशीलता और प्रेम तथा भक्ति सब मिलाकर भी क्या इतना मूल्य नहीं रखते कि यह पति का प्यार न सही, आदर तो पा सके?" यह सोचकर वे मन-ही-मन खिन्न होकर स्त्री की ओर अपराधी की तरह देखने लगे।

इस बीच सुखदा खूब रो चुकी थी। पर जब उसने देखा कि पति की उस पर तनिक भी ममता नहीं है, एक-आध मीठी बात कहकर प्यार करना तो एक ओर रहा, उन्होंने उसे साधारण ढाढस देकर भी नहीं समझाया, उलटे घूर-घूर कर ताक रहे हैं, तब वह कांपती हुई एक लंबी-सी सांस लेकर नीचे को चल दी। उस सांस में जो हृदय के अपमान और घोर अवहेलना की विषम वेदना भर रही थी, वह प्रवीण के हृदय पर गोली की तरह लगी। उन्होंने सीढ़ी पर पैर रखती हुई सुखदा का आंचल पकड़कर कहा, "ज़रा ठहरो, जाती कहां हो?'

सुखदा पति की बात सुनने को ठहर गई; पर न उसने पीछे फिरकर स्वामी की ओर न एक शब्द मुंह से निकाला। फिर जब वे बिलकुल चुप रहे, तो वह फिर चल दी। प्रवीण ने बाधा देकर कहा, "फिर वही! अजी ज़रा ठहरो न!" सुखदा ने धीमे स्वर में कहा, "कहो न क्या काम है? मैं जाती हूं।" अब उसके नेत्र सूखे हुए थे।

प्रवीण ने उसका हाथ पकड़कर कहा, "मेरे पास तुम्हारा जी नहीं लगता, क्यों? नीचे जाने की बड़ी जल्दी है?"

सुखदा चुपचाप खड़ी रही।

प्रवीण फिर बोले, "अब बोलने की कसम है?"

सुखदा अब भी चुप।

प्रवीण ने कहा, "बोलेगी नहीं?"

सुखदा ने कहा, "बोलती तो हूं।"

प्रवीण बोले, "क्या?"

सुखदा फिर चुप हो गई।

प्रवीण बोले, "लो, फिर वही गूंगी!"

सुखदा बोली, "तो कुछ कहो भी।"

प्रवीण बोले, "कहता तो हूं। तुम्हारा जी क्या मेरे पास बिलकुल नहीं लगता, जो पिंड छुड़ाकर भागती हो?"

सुखदा फिर चुप।

प्रवीण बोले, "फिर चुप्पी?"

सुखदा ने ज़रा करारे स्वर में कहा, "नीचे काम पड़ा हुआ है। अम्मांजी का जी अच्छा नहीं है।" इतना कहकर सुखदा फिर नीचे चलने लगी। प्रवीण बाबू ने आंचल पकड़ा ही था, इतने में भगवती प्रसाद ने सामने आकर हंसते-हंसते कहा, "प्रवीण भैया! तुम यहां अंधेरे में भाभी से क्या गपड़चौथ कर रहे हो? चलो, माताजी ने तुमको बुलाया है।"

सुखदा धीरे से नीचे चली गई।

प्रवीण ने ज़रा झेंप कर, भगवती की ओर देखकर कहा, "अभी?"

भगवती ने कहा, "अभी नहीं, तो कब? तुम तो दिन छिपे से ही रोगी की तरह खाट पर आ गिरे। चलो, उठो "

इतना कहकर उसने खूंटी पर से कोट उठाकर प्रवीण के गले में डाल दिया। प्रवीण ने उसके उत्साह और प्रसन्नता को ठंडी दृष्टि से देखते हुए कुछ धीरे से कहा, "भगवती! देखता हूं, गौने का उत्साह तुम्हारी रग-रग में भर रहा है।"

भगवती ने छलकते हुए उछाह से कहा, "क्यों, क्या तुमसे नहीं सहा जाता? तुम क्या कभी ऐसे नहीं हुए थे?"

प्रवीण बात को पी गए। उन्होंने ज़रा गंभीरता से कहा, "तो अभी तो पंद्रह दिन पड़े हैं?"

"कहां, आज ही तो चिट्ठी आई है। परसों ही चलना होगा।"

प्रवीण ने कहा, "ऐं! परसों?"

"वही, तो, चलो उठो, सारा काम अभी करने को पड़ा है। उठो, अहदी की तरह पड़े हो!" इतना कहकर उसने प्रवीण का हाथ पकड़कर उठा लिया। प्रवीण ने एक अतृप्त दृष्टि मित्र के खिले हुए मुख पर डाली, और धीरे-धीरे सीढ़ियों से उतरकर भगवती के घर को रवाना हुए।

दो

चांदनी छिटक रही थी, और सुख-स्पर्श वायु बह रही थी। भगवती छत के ऊपर पलंग पर पड़ा था। छत पर छिड़काव हो गया था, और बहू अपने हाथ का बुना हुआ तीलियों का पंखा लिये खड़ी हवा कर रही थी। इस एकांत में भी घूंघट उसके मुख पर पड़ा था। भगवती ने प्रेम-भरी चितवन से अपनी नवोढ़ा स्त्री को देखते हुए कहा, "ऊपर का चांद तो निकल आया है, नीचे का बादलों में ही छिपा रहेगा?"

बहू ने कुछ जवाब नहीं दिया। वह ज़रा सिकुड़कर उसी तरह पंखा झलती रही। भगवती ने देखा, उस बारीक घूंघट के भीतर मंद मुस्कान छा गई है। उसने पंखे की झालर पकड़कर अपनी ओर खींच ली। उसके साथ ही बहू के हाथ और उसका शरीर भी भगवती के ऊपर झुक गया। उसने पंखे की झालर छोड़कर एक हाथ से उसका हाथ पकड़ लिया, और दूसरे से उसका घूंघट खोलने लगा। बहू ने लजा कर कहा, "नहीं, नहीं!" इसके बाद वह बल पूर्वक छिटक कर अलग जा खड़ी हुई।

भगवती इससे नाराज नहीं हुआ। उसने हंसते-हंसते उठकर कहा, "जाने दो, इतना बिगड़ती क्यों हो। मुझे तो इस गरमी में तुम पर तरस आ गया। यह लो, और भी ओढ़ लो।" इतना कहकर उसने दोहर उठाकर बहू पर डाल दी। नववधू कुछ उसके बोझ से, कुछ लाज से ज़रा नीचे झुक गई। फिर धीरे-धीरे बोझ उतारकर बोली, "तंग करोगे तो चली जाऊंगी।" भगवती ने कुछ खिसके हुए घूंघट से देखा कि उसकी भौहों में बल है, होठों में मुस्कराहट और नेत्रों में लाज है। उसके चांद-से मुंह को ताकते हुए कहा-"कहां?"

"नीचे।"

"डर नहीं लगेगा?"

"डर काहे का?"

"यही अंधेरे-उजेले का।"

"अंधेरे-उजेले का क्या डर?"

"और मुझे पंखा कौन करेगा?"

"आप कर लेना।"

भगवती ने हंसकर कहा, "अच्छी बात है, जाओ; लाओ, पंखा मुझे दो।" इतना कहकर उसने स्त्री के हाथ से पंखा झटक कर ले लिया, और दूसरी ओर मुंह फेरकर जल्दी-जल्दी पंखा करने लगा।

बहू क्षण-भर चुपचाप खड़ी रही। फिर धीरे-धीरे आगे बढ़कर उसने पंखा पकड़ लिया। भगवती ने मानो चौंक कर कहा, "ऐ! यह क्या! तुम यहीं हो?"

बहू ने ज़रा रिस के स्वर में कहा, "चलो, ऊधम रहने दो। पंखा मुझे दो।" अब उसका आधा घूंघट खिसक चुका था, जान-पहचान और बातचीत भी बढ़ गई थी। पर भगवती को इतने से संतोष न हुआ, उसने पंखे को ज़ोर से पकड़कर कहा, "दी हुई चीज़ को छिनती हो? बड़ी भली हो!"

स्त्री ने कुछ न कहकर पंखा छीनना शुरू कर दिया। भगवती ने हाथ दूर करके कहा, "पंखा अब न मिलेगा।"

बहू ने ज़रा पति के ऊपर झुककर और घुटनों का पलंग पर सहारा लेकर, उचक कर पंखा लेना चाहा। भगवती ने मतलब साध लिया। उसने इस अवसर पर उसकी कमर में हाथ डालकर, उसे अपने अंकपाश में बांध कसकर छाती से लगा लिया। नवचंद्रमा का उदय हुआ। सुधा बरसने लगी। इस पृथ्वी पर जो सुख सबसे बढ़कर है, जिसके प्रलोभन से मनुष्य संसार का सभी झोंक सहकर जीवित रहता है, वही आस्वाद-वही रस-भगवती को आज प्राप्त हुआ। उसने मुग्ध होकर अपनी अत्यंत प्यारी नई स्त्री का अत्यंत स्नेह, उछाह और आनंद से चुंबन किया। वही मानो उनकी संधि थी। उसके साथ ही सब झगड़े रफा हो गए थे। फिर किसी ने पंखे के लिए इतना झगड़ा करते दोनों को नहीं देखा।

तीन

प्रातःकाल का समय था। भीनी-भीनी वायु बह रही थी। प्रवीण अत्यंत अस्थिरता से छत पर टहल रहे थे। टहलते हुए वे एक मुख का चिंतन कर रहे थे। उस चिंता के मारे उनका माथा सिकुड़ गया था। यह मुख उनके बालसखा भगवती की नवोढ़ा स्त्री का था।

चिंतित विषय अतिशय कुत्सित और पापपूर्ण था। घृणा और आत्मग्लानि के मारे उनके होंठ सिकुड़ रहे थे और उद्वेग के मारे गले की नसें फूल रही थीं, पर वे जितना ही इस विषय को भूलना चाहते थे, उतना ही वह और भी उन्हें स्मरण आता था। वे अपनी दुर्बलता पर झुंझला रहे थे; पर वह मुख उनकी आंखों में गड़ गया था।

वे सोच रहे थे, अब से तीन वर्ष पहले, ब्याह के समय जब मैंने उसे देखा था, तब में और अब में इतना अंतर हो गया है! तब वह अनखिली कली के समान थी, और अब पूर्ण विकसित पुष्प है। वह दुर्बल, पीला मुख गदराकर भर गया है, और रंग गहरा गया है। तब वे नेत्र स्थिर थे, कुछ देखने-न देखने का उन्हें ध्यान न था। पर आज मानो सारे संसार को एक साथ ही देख लेना चाहते हैं। तीन वर्ष पहले जो पीलापन था, वह कुछ मैला था। अब वह निखरकर मोती के समान उज्ज्वल और आब दार हो गया है।

वे सब ओर से ध्यान हटाकर यह सोचने लगे कि वह सारे संसार की लज्जा और संकोच को बटोरकर और उसका ढेर-का-ढेर अपने ऊपर उड़ेलकर अपने

छलकते हुए यौवन को ढांकने का कितना साहसपूर्ण और व्यर्थ प्रयत्न कर रही थी! इतना सोचते-सोचते वे विह्वल हो गए। उनकी आंखों में एक मद, एक उन्मत्तता छा गई। वे दोनों हाथों की मुट्ठी बांधे जल्दी-जल्दी पैर पटककर छत पर टहलने लगे।

धीरे-धीरे उनके नेत्रों में भगवती की मूर्ति आ खड़ी हुई। वह सरल, विश्वासपूर्ण, स्वच्छ दृष्टि और प्रफुल्ल चेहरा आंखों में फिर गया। उन्होंने भयभीत होकर अपने चारों तरफ़ देखा-अनुताप की लहरें आने लगीं। वे अपने मनोविकार पर झुंझला कर होंठ काटकर बोले, "ऐसे सरल प्रेम का, इस श्रद्धापूर्ण भ्रातृभाव का कैसा अच्छा पुरस्कार दे रहा हूं!" किंतु उनके शरीर के असुरों ने दम न लेने दिया। धीरे-धीरे उनकी प्रतिहिंसा की प्यास भड़की। वे सोचने लगे, "मैं किसी व्यक्ति की वस्तु नहीं चाहता। मैं केवल ईश्वर के इस अन्याय और विषम वितरण पर विचार करता हूं। भगवती क्या इस घर और इस वधू के योग्य है? जो मूर्ख सर्वदा मेरी बुद्धि की खुरचन से अपनी योग्यता सजाए हुए है, जिसका रूप भी उसकी बुद्धि के ही सदृश है, वह ऐसी गृहलक्ष्मी और घर का अधिष्ठाता बना! और मुझे यह दिया गया! ज़रा भगवती के बराबर उसकी स्त्री को खड़ा करके तो देखो!" इस बात का ध्यान आते ही उनके तन-बदन में आग जैसी लग गई। उन्होंने निश्चय किया, "जिस प्रकार मेरी स्त्री मेरे लिए उपयुक्त नहीं। उसी प्रकार भगवती की स्त्री भी उसके लिए उपयुक्त नहीं। मेरी स्त्री जैसी भद्दी और मूर्खा है, भगवती भी वैसा ही है, और भगवती की स्त्री के अनुरूप वर तो रूप और गुण में मैं ही हूं।"

इतना सोचकर उन्होंने अघाकर सांस ली, मानो उनका परिश्रम सफल हो चुका था, समस्या हल हो चुकी थी। पर चाहे कितने ही अभिन्न हों, एक-दूसरे पर सर्वस्व वारते हों, फिर भी वे स्त्री बदलौवल तो नहीं कर सकते। भगवती की स्त्री तो खैर, उसके लिए भगवान की दुर्लभ भेंट थी, किंतु प्रवीण बाबू भी, जो अपनी स्त्री से इतने विरक्त थे, किसी सुंदरी स्त्री के बदले में उसे किसी पुरुष को नहीं दे सकते थे। उन्होंने मोहांध होकर इतना तो सोच लिया कि दोनों पात्र दोनों के लिए सर्वथा

अनुपयुक्त हैं, पर इतना न सोचा कि दोनों स्त्रियां दोनों घरों और स्थितियों के लिए सर्वथा उपयुक्त थीं।

इतना सोच चुकने के बाद वे बिलकुल एकाग्र होकर देर तक उसी मुख का चिंतन करने लगे। मानो अधिकार-संपन्न होकर निस्संकोच भाव से उस मुख के सौंदर्य का निरीक्षण करने लगे...।

चार

चारों तरफ़ धूल फैल गई। एक बार शून्य दृष्टि से उन्होंने चारों तरफ़ देखा। फिर कुछ देर तक वे धरती की ओर ताकते रहे। इसके बाद एक लंबी सांस लेकर कांपते स्वर में बोले :

"देख पराई चूपरी, मत ललचावे जी;
रूखी-सूखी खायके, ठंडा पानी पी।"

इसके बाद एक और दीर्घ निःश्वास फेंककर वे खड़े हुए और कपड़े पहनकर दुकान जाने की तैयारी करने लगे। धीरे-धीरे सुखदा एक हाथ में गिलास और एक हाथ में तश्तरी लेकर ऊपर आई। उसने चटाई का आसन खिसका कर तश्तरी और गिलास वहां रखकर पति से धीमे स्वर में कहा, "कुछ नाश्ता कर लो। गरमी में प्यास लगेगी। रोटी तो देर से खाते हो।"

प्रवीण स्त्री को देखकर कुछ झेंप गए थे। उन्होंने उससे आंखें चुराते हुए कहा, "इस समय मुझे तो कुछ भूख नहीं थी।" पर सुखदा को अनुरोध करने की आवश्यकता न हुई। प्रवीण अपने मन की चंचलता छिपाने के लिए चुपचाप आसन पर जा बैठे।

सुखदा ने देखा, आज पति कुछ प्रसन्न हैं। उसने डरते-डरते प्रसन्नता प्रकट करते हुए कहा, "दोपहर को ज़रा जल्दी आ जाया करो। गरमी के दिन हैं, तनिक लेटने को समय मिल जाएगा।" प्रवीण ने नीची दृष्टि किए खाते-खाते धीमे स्वर में कहा, "अच्छा।"

सुखदा ने देखा, आज स्वामी संतुष्ट हैं। वह और पास खिसककर बड़े उत्साह से पंखा करने लगी।

प्रवीण ने कहा, "रहने भी दो। पंखे का क्या काम है! वैसे ही बहुतेरी हवा चल रही है।"

पति आज प्रसन्न ही नहीं, वे उसका मान भी कर रहे हैं। उसने कुछ पत्नीत्व का अधिकार दिखाते हुए नम्रतापूर्वक अनुनय से कहा, "हम एक बात कहें, यदि तुम मानो तो?"

प्रवीण ने खाते-खाते उपेक्षा के स्वर में कहा, "क्या?"

"पहले तुम यह कहो कि मानोगे भी?"

प्रवीण ने कुछ रूखे स्वर में कहा, "आखिर मालूम तो हो, बात क्या है?"

रुखाई को देखते ही सुखदा के उत्साह पर पानी पड़ गया। वह उदास होकर चुपचाप हो गई।

प्रवीण ने खाकर कुल्ला करते-करते स्त्री की वह उदासी देखी। उन्होंने कैसी गोली उसे मारी है, वे यह भी समझ गए। वे हाथ पोंछकर उसके पास जाकर बोले, "कहो न क्या बात थी?"

सुखदा ने उदासी से कहा, "जाने दो, कुछ नहीं।"

प्रवीण ने कुछ झुंझला कर कहा, "यही तो तुम्हारी आदत बुरी है। जो बात है कहो न!"

सुखदा चुपचाप धरती को देखती रही।

प्रवीण ने नरमी से कहा, "मुझे दुकान को देर होती है। जो बात हो, कहो, कुछ चाहिए क्या?"

"नहीं।"

"तो?"

सुखदा चुप रही। प्रवीण ने कहा, "तो जाऊं? नहीं बताती?"

सुखदा ने एक बार पति की ओर देखकर कहा, "अच्छा, बैठ जाओ, तब कहूंगी।"

इस जिद पर प्रवीण के मन में फिर गर्मी आ गई; पर वे उसे पीकर आसन पर बैठ गए। सुखदा भी सामने बैठ गई।

प्रवीण बोले, "कहो।"

सुखदा ने धीरे से बगल से रघुवंश की पोथी निकालकर कहा, "इस वक्त हमें थोड़ा-थोड़ा पढ़ा दिया करो।"

प्रवीण अचकचा कर स्त्री की ओर देखने लगे। यह तो बिलकुल नया प्रस्ताव था। उन्होंने उसी अचरज के स्वर में कहा, "आज यह एकाएक क्या ध्यान में आया?"

सुखदा ने नम्रता से कहा, "नाराज़ न हों। तुम देखते ही हो, घर के धंधे से छुट्टी बिलकुल नहीं मिलती। अम्मां की टहल करने-वाला भी कोई नहीं है। धंधे से निपटते ही शरीर चूर-चूर हो जाता है, और थकावट आ जाती है। पर अब मैं थोड़ा-थोड़ा पढ़ा करूंगी। तुम इस समय कुछ-कुछ पढ़ा दिया करो।"

प्रवीण ने देखा, सुखदा के बयान का अक्षर-अक्षर सच्चा है। वे सहानुभूति की दृष्टि से उसकी ओर देखकर बोले, "तो जाने दो। फिर पढ़ना, अब रहने दो। यह तो बड़ी भारी मगज़ मारी और फुर्सत का काम है।"

सुखदा ने आग्रह से कहा, "नहीं, मैं पढ़ूंगी तो जरूर।" प्रवीण दृष्टि गाड़-गाड़ कर सुखदा के मुख की ओर देखते रहे। फिर उन्होंने उठते-उठते कहा, "जाने भी दो। किस झगड़े में पड़ती हो!"

सुखदा ने उनका पैर पकड़कर विनती करके कहा, "बहुत नहीं तो एक ही श्लोक रोज़ बता दिया करो।"

प्रवीण ने कहा, "पर तुम्हारा तो उच्चारण बड़ा अशुद्ध है। तुम्हारी तो जीभ ही नहीं लौटती।"

सुखदा झेंप गई, पर उसने कहा, "मैं थोड़ा-थोड़ा पढ़ूंगी, और उसे बार-बार याद करूंगी, तब तो ठीक होगा?"

प्रवीण ने विवश होकर कहा, "बोलो कौन-सा श्लोक पढ़ना है?"

सुखदा ने पोथी खोलकर श्लोक पढ़ा। प्रकरण और विषय को देखते ही प्रवीण मस्त हो गए। उनके नेत्रों में नूर आ गया। वे चौड़ा सीना करके उसी श्लोक को मृदु, मधुर स्वर से मंद-मंद अलापने लगे। स्वामी का वह स्वर, वह मस्ती वह उत्फुल्लता देखकर सुखदा की आंखों में नशा-सा छा गया। वह झटपट उसका अर्थ जानने की उतावली करने लगी।

प्रवीण ने पदच्छेद, अन्वय और व्याख्या करनी शुरू की। व्याकरण के मार्क बताए। सुखदा को जहां-तहां भाव की एक-आध धारा मिलती भी, तो वह इन व्याकरण और कोष के लट्ठों से टकराकर छितरा जाती। प्रवीण उत्तेजित होकर अक्षर-अक्षर में से बाल की खाल निकालने लगे, और सुखदा उनके मुख से निकले हुए कभी इस शब्द को और कभी उस शब्द को पकड़कर कंठस्थ करने की चेष्टा करने लगी। व्याख्या समाप्त होते ही प्रवीण ने एक विजेता की दृष्टि सुखदा पर डालकर कहा, "समझी?"

सुखदा ने सकपका कर धीरे से कहा, "हां।"

प्रवीण ने तुरंत पूछा, "बताओ तो, इस श्लोक में अलंकार क्या है?" सुखदा की आंखों में पोथी के अक्षर नाचने लगे। वह दबे गले से घबराती हुई बोली, "अलंकार?"

प्रवीण ने तीक्ष्ण स्वर में कहा, "हां, हां, अलंकार। अभी तो बताया था, कुछ ध्यान नहीं रहा?"

सुखदा श्लोक की दुस्सह भाषा को, उससे भी दुस्सह बीहड़ उसकी टीका को जल्दी-जल्दी बांचने लगी। शायद अलंकार कहीं लिखा मिल जाए।

काव्यामृत के आस्वादन से प्रवीणचंद के मन में जो रसिकता आ गई थी, वह धीरे-धीरे उड़ने लगी। उन्होंने रोष-भरी दृष्टि से स्त्री की ओर ताक कर कहा, "पत्थर की तरह चुप मत बैठो, जवाब दो। समझ में नहीं आया हो तो बोल दो।"

सुखदा को यह कहने का साहस न हुआ कि जिस बात को उसके पति ने इतने परिश्रम से समझाया है, उसे वह समझी ही नहीं। उसने धीरे-धीरे दृष्टि चुराकर पति की ओर देख लिया। देखा, वे उसे ही ज्वालामय नेत्रों से घूर रहे हैं। उसने धीरे से टूटे शब्दों में कहा, "अलंकार? अलंकार तो कहीं नहीं दीख पड़ता।"

प्रवीण झल्ला उठे। उनका काव्य-रस झुलस गया। उन्होंने पुस्तक पटककर कहा, "तुम्हारी जैसी अभागिनी को अलंकार प्राप्त होगा!" इतना कहकर आसन से उठकर टहलने लगे, और फिर बड़े वेग से सीढ़ी उतरते हुए घर से बाहर निकल गए।

पांच

प्रवीण बाबू आपे से बाहर होकर झपटते हुए जा रहे थे। कहां? इसका उन्हें कुछ विचार न था। उनकी दुकान का मार्ग पीछे रह गया। वे आगे बढ़े चले गए। भगवती के घर पर आकर उनके पैर आप ही ठिठक गए। वहां रुककर घर को ऊपर से नीचे तक देखा, और चकित की तरह इधर-उधर देखकर कुछ सुध में आए। उन्होंने सोचा, "यहां कैसे आ गया? क्या यहां आने का इरादा था? नहीं तो, दुकान को आ रहा था।" किसी ने मन के भीतर से कहा, "झूठ बात है। तुम दुकान को नहीं आ रहे थे।" उन्होंने विचार कर देखा, सचमुच मैं दुकान को नहीं आ रहा था। तब उन्होंने यह भी निश्चय किया कि मैं यहां भी नहीं आ रहा था। वे अभी तक अपने भीतर की उस अज्ञात आसुरी प्रकृति से अनजान थे। उन्होंने विचारा, "आ गया हूं तो क्या कोई नई बात है? यहां क्या कभी आया नहीं? आज इतनी झिझक क्यों? यह मकान भी क्या मेरा नहीं है?" इसी समय उसी आसुरी प्रकृति ने उनके मन में उठकर उनके कान में कहा, "भीतर चलो न, क्या यह संभव नहीं है कि एक दृष्टि उस सौंदर्य पर भी पड़ जाए?" यह बात उनके भीतर से बहुत ही धीरे से उठी, पर वे उससे चौंक पड़े। उनकी आत्मा तिलमिला उठी। हृदय झुलस गया। एक भावना की लहर रोम-रोम में रम गई। उस पर स्पष्ट लिखा हुआ था, "पापिष्ठ! क्या यह तेरे सोचने योग्य है?" प्रवीण लज्जित होकर धीरे-धीरे लौटे; पर दो-चार कदम से अधिक नहीं। उन्होंने पीछे फिरकर उस सुनसान गली में खड़े हो उस मकान की ओर देखा और लपक कर उसमें घुस गए।

घर के भीतर वृद्धा बैठी तुलसी के थाले को लीप रही थी। प्रवीण ने आकर अवनत होकर उसे प्रणाम किया। वृद्धा ने लीपना छोड़ हंसकर कहा, "अरे प्रवीण है क्या? कहां था तू? कई दिन से सूरत भी नहीं दिखाई। भगवती को एकदम भूल गया?"

प्रवीण ने सावधानी से घर के चारों ओर एक दृष्टि डालकर कहा, "और भगवती ने मानो मेरे बिना खाना-पीना ही छोड़ दिया है! है कहां वह?" इतना कहकर इस बार उन्होंने अच्छी तरह घर की कोठरी-कोठरी में भेदिनी दृष्टि डाल दी।

वृद्ध बोली, "चल, रहने भी दे! तेरे जैसा भी कोई हंसोड़ होगा! तुझसे इतना भी तो न हुआ कि ससुराल की मिठाई खा जाता। बहू कई बार पूछ चुकी है। चल, भीतर बैठ। मैं हाथ धोकर आती हूं।"

प्रवीण के मन में आवेग भर गया था। वे मन को न संभालकर भीतर को चल दिए। भीतर जाकर देखा, बहू रसोईघर के एक कोने में बैठी-बैठी दूध छान रही है। प्रवीण उधर से मुंह फेर भीतर जाने लगे; पर जाया न गया। वे दबे पैर लौटकर रसोई के झरोखे से झांकने लगे। वही मुख था, वही मोती-सा रंग था, वही रस-भरी आंखें थीं। उसके बाल बिखर रहे थे। वह नीची दृष्टि किए छन्ने से दूध छान रही थी। प्रवीण मन भरकर उसे देख न सके, उनकी आत्मा ने धिक्कारा। उन्होंने मन में प्रतिज्ञा की कि चाहे जो हो, अब उसे नहीं देखूंगा। इतने ही में उन्हें प्रतीत हुआ, कोई कोठरी में आ रहा है। उन्होंने हाथों के बीच में सिर उठाते हुए, मानो अपने उद्वेग को छिपाने के लिए हठात् प्रसन्नता से कहा, "मां!" आगंतुक के मुख से भी स्पष्ट शब्द निकला, "मां!" परंतु क्षण-भर तक दोनों अवाक् रह गए। प्रवीण ने देखा कि आने वाली मां नहीं है, बहू है। बहू ने देखा, घर के अंदर मां नहीं है, प्रवीण है।

प्रवीण अपनी अभी की हुई प्रतिज्ञा को भूल गए। बहू भी मुंह ढकना भूल गई। दोनों अवाक् हो एक-दूसरे को देखते रहे। प्रवीण ने सूखे कंठ से कठिनाई से कहा, "मां कहा है? मैं उन्हीं की प्रतीक्षा में बैठा हूं!" बहू को अब कुछ ज्ञान हुआ। वह धीरे से अपने वस्त्र को समेटकर लजीले नेत्रों से नीचे की ओर देखती हुई झटपट रसोई की ओर चली गई। प्रवीण की वृत्तियों में बहू के साक्षात् से आग भड़क उठी। वे मन-ही-मन में सोचने लगे, "भगवती के भाग्य में धन है, और यह है। तब विद्या और रूप क्यों नहीं है? यदि मैं अपना रूप और गुण उसे दे डालूं? पर यह कब संभव है?"

इतने ही में वृद्धा ने भीतर प्रवेश करके कहा, “कुछ चुराकर तो नहीं खा गया?” प्रवीण सावधान होकर बोले, “चुराने के लायक कुछ मिला ही नहीं। वही तो ढूंढ़ रहा हूं।”

वृद्धा का मातृभाव जागरित हो उठा। उसने विचारा, प्रवीण भगवती की खोज में होगा। भगवती के सिवा उसे और क्या खोजना है। वह हंसकर बोली, “जिसे खोजता है वह तो ऊपर सो रहा है।”

प्रवीण कुछ चौंक कर बोले, “अभी तक सो रहा है? सूरज सिर पर चढ़ आया, और वह अभी सो ही रहा है!” इतना कह वे ऊपर को चलने लगे। वृद्धा ने कहा, “तू रहने भी दे। बहू जाकर उसे जगा देगी। बहू! जा उसे जगा दे।” प्रवीण ने ज़रा हंसी में कहा, “बहू. ने क्या उसे जगाने का ठेका ले रखा है? वह तो उसे और सिखा कर सुला आई है। बहू के आने से पहले तो भगवती कभी इतनी देर तक नहीं सोता था।” वृद्धा के हृदय में एक प्राचीन स्मृति जागरित हो आई। वह मन में हंसने और प्रसन्न होने लगी।

बहू दो कदम आगे बढ़ी थी, वहीं ठहर गई। प्रवीण को मालूम हुआ कि रस-भरी युवती बहू उनकी ओर प्रेम-भाव से देख रही है। वे ऊपर चढ़ गए। देखा तो गुदगुदे गद्दे के पलंग पर भगवती सुख की नींद सो रहा था। उसके होठों पर मधुर मुस्कान रम रही थी, मानो वह कोई मधुर स्वप्न देख रहा हो। बिछौने पर मसले और मुरझाए हुए फूल पड़े थे। पास ही तिपाई पर सुराही धरी थी। पलंग के सिरहाने की ओर नीचे एक थाल में मिठाई की चूर-चार रखी थी। प्रवीण ने एक ठंडी सांस ली। वे दो कदम आगे बढ़कर पलंग के पास आए, और भगवती के सिर के पास बैठकर उसके बाल संवारने लगे। भगवती कुछ जागा, पर उसकी निद्रा पूरी नहीं हुई थी। उसने करवट लेकर प्रवीण की ओर देखा।

प्रवीण ने कहा, “भगवती, रात को इतना अधिक क्यों जागता है कि तमाम दिन सोना पड़ता है?” भगवती ने अर्धनिद्रा में प्रवीण की बात सुनीं। उसकी आंखों में प्रेम और नींद की मस्ती छाई हुई थी। उसने करवट बदलकर प्रवीण की गोद में सिर रख दिया, और फिर सो गया। प्रवीण ने उसके बालों पर हाथ फेरते हुए कहा,

"चार दिन से तो तेरा मुंह तक नहीं देखा। अभी आया हूं तो नवाब बना सो रहा है।" इस समय भगवती और अच्छी तरह उचक कर प्रवीण की गोद में सो गया। इसके बाद उसने हाथ बढ़ाकर उसे भी गिराकर अपने पास ही सुला लिया। प्रवीण ने उससे कहा, "अरे, ओ कन्हैया! उठता है या चला जाऊं?" भगवती इस बार ज़रा जागा, उठा, और प्रवीण को बाहुपाश में लपेटकर फिर सो गया।

इस प्रेम से प्रवीण का हृदय भर गया। उन्होंने कहा, "अरे! यह क्या करता है? ज़रा अच्छी तरह तो देख मैं कौन हूं।" भगवती ने उनके मुख के पास अपना मुंह लगाकर मस्ती से कहा, "तुम प्रवीण भैया हो।"

प्रवीण ने उसे ढकेलते हुए कहा, "छोड़, छोड़। ऐसा ही है तो मैं बहू को भेजता हूं।" भगवती ने मीठे स्वर में अधमुंदी आंखों से घूर कर कहा, "तू क्या उससे कुछ कम सुंदर है?" प्रवीण कुछ कहना चाहते थे, इतने ही में वृद्धा ने ऊपर आकर लड़कों के कौतुक को देख आश्चर्य से मुंह पर हाथ धर कर कहा, "देखो, देखो, इनके लच्छन, यह इसे जगाने आया था!" प्रवीण ने चौंक कर कहा, "मैं क्या करूं! इसने मुझे भी पकड़ लिया।" भगवती ने कहा, "मां! इसी ने मुझसे कहा था कि ज़रा मुझे भी छिपा लेना। मुझे मां मारेगी।" वृद्धा हंसते-हंसते लोट-पोट हो गई। उसने नीचे देखते-देखते कहा, "ओ बहू! ज़रा इनके खेल तो देख! दोनों सो रहे हैं!"

बहू ने यह सुनकर क्या किया, यह प्रवीण न देख सके, तो भी उनके कानों ने उसके अलंकारों की झंकार को सुना और समझ लिया।

वृद्धा ने कहा, "चलो मिठाई तो खा लो। लड़का बड़ा ही ऊधमी है।" भगवती ने बच्चे की तरह मां का पल्ला पकड़कर कहा, "मां! हम लोग बिना पीटे सीधे न होंगे।" बहू इस विनोद को नीचे खड़ी-खड़ी सुन रही थी। प्रवीण को इस बात की बड़ी चिंता थी कि बहू पर इसका क्या असर होता है। भगवती उठा और प्रवीण को पकड़कर मिठाई खाने को जा बैठा। बहू ने सब अंगों को अच्छी तरह वस्त्र से ढक कर धीरे से तश्तरियां ला दोनों के आगे रख दीं। प्रवीण ने देखा कि चंपे की कलियों जैसी उंगलियों में तश्तरी जैसी शोभा देती है, वैसी भगवती के हाथों की ओर देखा

और मिठाई खाने लगे। वृद्धा ने पूछा, "मिठाई कैसी है?" भगवती ने कहा, "किसी काम की भी नहीं! कौड़ी की कीमत की भी नहीं!"

वृद्धा ने कहा, "चल, तुझे ससुराल की एक भी चीज़ नहीं भाती।"

प्रवीण के मन में आया, कहे कि 'क्या बहू भी पसंद नहीं आई?' पर वे चुप्पी साध गए।

उन्होंने कहा, "मां! इसका पेट तो भर गया है। ऐसी मिठाई तुम्हारे घर में तो पहले खाई नहीं। वह गूझा बहुत अच्छा है।"

बहू ने वैसी चंपे की कली जैसी उंगलियों से, उसी लजीली चाल से डरते-डरते आगे आकर, दो गूझे प्रवीण की तश्तरी में डाल दिए। इसके पीछे वह भगवती की तरफ़ झुकी। प्रवीण ने कहा, "नहीं, नहीं, उसे मत देना! उसे यह सब अच्छा नहीं लगता।" बहू रुक गई, और घूंघट में से भगवती की ओर देखने लगी। क्षणभर वह किंकर्तव्यविमूढ़ होकर खड़ी रही। पीछे वह सारी तश्तरी प्रवीण के ही आगे उलटकर जल्दी से भीतर चली गई। भगवती ने इस पक्षपात के अवसर को यों ही न जाने दिया। वह हंसकर बोला, "मां! देखी प्रवीण भाई की करतूत! ये अपना भाग तो खाते ही हैं, साथ में मेरा भी हड़प कर गए।"

छह

भगवती भोजन करके निश्चित बैठा सुपारी कतर रहा था। सामने एक पुस्तक पड़ी थी। उस पर नज़र पड़ते ही वह झुककर उसे उठाने लगा। इतने ही में पीछे से किसी की परछाई दिखाई दी। उसने फिरकर देखा, बहू आ रही है। भगवती मुग्ध हास्य से उसकी ओर देखने लगा। बहू के मुख पर घूंघट तो नहीं था, फिर भी आधा मुंह ढका हुआ था। वह धीरे-धीरे स्वामी के पीछे आकर और कुर्सी पकड़कर खड़ी हो गई। भगवती को बात करने का कोई विषय ही नहीं सूझा। वह उसकी ओर देखकर मंद हास्य हंसता रहा। बहू ने एक मधुर कटाक्ष पति पर डाला, और कुछ रिसाते हुए कहा, "भला मैं उनका क्या पक्षपात करती थी? तुमने गूझा नहीं लिया, और वे खा रहे थे। इसी से मैं उनकी थाली में डालकर चली गई। सबके लिए मैं कब तक वहां खड़ी रहती?"

भगवती यह सुनकर खूब हंसा। हंसते-हंसते बोला, "क्यों? खड़ी रहने में क्या कुछ हर्ज था?"

"तुम लोग तो हंसी-दिल्लगी कर रहे थे।"

"ससुराल में तो हंसी होती ही है। तुमने कुछ कसर छोड़ी थी क्या?"

बहू ने फिर एक कटाक्ष करके तिरछी निगाह से पति को देखते हुए कहा, "कब?"

"वाह, एकदम भूल गई! कचौरी में मिर्चें भर दी थीं, और रायते में शक्कर और पान में नमक। क्यों?"

बहू ने कौतुक से हंसकर कहा, "वह तो सब कमला की कारिस्तानी थी।" भगवती ने ज़रा व्यंग्य से कहा, "सब एक ही थैली के चट्टे-बट्टे हैं, तुम्हारी सबकी मिली सांठ-गांठ थी!"

बहू ने रिसाकर कहा, "अच्छा, ऐसा ही सही!"

बहू के हास्य की अपेक्षा इस रिस में भगवती को अधिक रस आया। उसने उसे चिढ़ाने के लिए, "पक्षपात तो प्रत्यक्ष में था ही, दो गूझे पहले दे दिए, और पीछे भी तश्तरी में जो थे वे सब भी डाल दिए।"

भोली बहू बात का अर्थ न समझ सकी। वह कुछ क्रोध में आकर बोली, "मैंने उनका पक्षपात किसलिए किया?" भगवती ने आनंद में आकर अपनी स्वाभाविक मूढ़ बुद्धि के वश में कह डाला, "प्रवीण भाई का सुंदर रूप देखकर तूने उसका पक्षपात किया होगा। वे सुंदर हैं, और तू भी सुंदर है। मैं ही कुरूप हूं।" बहू लज्जा और संकोच से दब गई। उसने घबराकर कहा, "जो मन में आता है, वही बक देते हो! हटो, मैं जाती हूं।"

भगवती हंस पड़ा। उसने बहू का हाथ पकड़कर कहा, "बस, इतने में ही भाग चली? इतनी ही बहादुरी है? अभी और लड़ो। तुम्हारे साथ लड़ने में तो खूब मजा आता है।"

भगवती क्या कह रहा था, उसे इसका कुछ विवेक नहीं था। वह मुग्ध था, भोला था, संसार के झगड़ों से बालक की तरह अनजान था। उसने अपनी निर्दोष स्त्री से फिर एक मूर्खतापूर्ण प्रश्न किया, "तुम्हें सौगंध है, बताओ तो प्रवीण सुंदर है या मैं?"

बहू लज्जा से एकदम अधीर हो गई। उसने जोश में भरकर कहा, "तुम!"

मूर्ख पति ने अपनी सरला स्त्री के दोनों हाथ पकड़कर कहा, "तुम झूठ बोलती हो। प्रवीण जरूर मुझसे अधिक सुंदर है। तुम भी सुंदर हो। तुम किसी सुंदर पुरुष के साथ सारस की जोड़ी के समान शोभा पातीं!" वह एकदम आवेश में कह गया। मनुष्य को ज्ञान का, विद्या का, सत्ता का, विवेक का आवेश आता है, उसी तरह मूर्खता का भी आता है।

पत्नी के हृदय में वज्राघात हुआ। वह एकदम चली जाने को तैयार हो गई। भगवती अभी तक प्यासी दृष्टि से उसे देख रहा था। बहू ने रिसाकर कहा, "तुम बहुत बुरे हो सचमुच!"

"अब असल बात पर पहुंचीं! अच्छा, मैं तो खराब हूं। अच्छा कौन है? साफ़-साफ़ कह दो।"

वह पराजित हो गई। वह अबला थी, बाला थी, यह प्रमाणित हो गया। वह पति की ओर देखने लगी। उसकी दृष्टि में निर्दोषता-भोलापन-मात्र झलकता था। भगवती ने उसे भुजपाश में लपेटकर आलिंगन कर लिया, और कहा, "सच कहो, मैं कितना खराब हूं?"

पराजिता मुग्धा निरुत्तर हो गई। वह बात काटकर बोली, "पर तुमको यह सूझा क्या?"

"क्या सूझा? कब?"

"कल।"

"कल?"

"हां।"

"क्यों?"

"उनको साथ सुला लिया।"

"ऐसे तो हम बहुत बार सोया करते हैं।"

"तुमको शर्म न लगी? अम्मांजी ने देख लिया।"

भगवती खिलखिलाकर हंस पड़ा। उसने मस्ती से स्त्री की ओर एकटक देखते-देखते कहा, "इसमें शरम की क्या बात थी?"

सरला बहू फिर शरमा गई। उसने अपने कोमल पैरों के नखों की ओर नज़र करके कहा, "चलो हटो। तुम्हें किसी बात की लाज नहीं आती!" भगवती ने प्यार से स्त्री का हाथ पकड़कर कहा, "तुम्हें ख़बर नहीं है कि प्रवीण भाई से मेरी बालपने से कैसी मित्रता है। हम जब छोटे से थे, तभी से साथ-साथ खाते, पीते और सोते रहे हैं। तुम आई हो, तब से ही वे यहां कम आते हैं, नहीं तो वे तो बहुत करके रात-दिन यहीं पड़े रहते थे।"

नवोढ़ा के रसीले नेत्र चमक गए। लज्जा, संकोच क्षण-भर को उड़ गया। प्रवीण पति के बालसखा, सगे भाई हैं, ऐसी भावना उदय होने पर उसने कहा, "जब जीजी पहले-पहल आई थीं, तब भी वे इसी प्रकार तुम्हारे पास पड़े रहते थे?"

भगवती ने सहज स्वभाव से कह दिया, "हां।"

'हां' कहते ही उसके मन में सहसा यह भाव उत्पन्न हुआ कि मैं तो जब से स्त्री आई है, तब से घर से बाहर ही नहीं निकलता। वह व्याकुल-सा अपनी स्त्री की तरफ़ देखता रहा। बहू ने लज्जायुक्त स्वर में कहा, "तुम्हारी तरह सभी थोड़े ही घर घुसने हो जाते हैं!"

भगवती ने देखा कि स्त्री का कहना झूठ नहीं है। वह विचारने लगा कि प्रवीण अपने मन में क्या कहते होंगे।

बहू ने कहा, "अच्छा, जीजी कैसी हैं?"

भगवती ने कहा, "क्यों, तुम्हें क्या भाभी के साथ मुलाकात करनी है?"

बहू ने कहा, "जरूर, तुम उन्हें ज़रा बुला तो दो।"

भगवती ने कहा, "मां से कहो, वे खुद प्रवीण से कह देंगी।"

"तुम्हीं क्यों न कह दो।"

भगवती खूब हंसा। उसने कहा, "यह अच्छी दिल्लगी रही! तुम्हारी बात मां से मैं पूछूं और मेरी तुम!"

बहू ने कहा, "अच्छा, एक काम करो। पहले तुम उन्हें बुला लो। पीछे एक दिन मैं चली जाऊंगी।" भगवती ने कहा, "ठीक है। मैं आज शाम को कह आऊंगा।"

बहू को भय हुआ कि जो शाम को जाएंगे तो बिना आधी रात बीतने तक वापस न लौटेंगे। उसने कहा, "शाम को तो तुमने वह पुस्तक सुनाने को कहा था।"

भगवती ने मधुर दृष्टि से बहू की ओर देखा, फिर ज़रा मुस्कराकर कहा, "तो मैं अभी जाता हूं।"

बहू ने देखा, अब तो बातचीत का कोई विषय ही नहीं रहा। वह किसी नए विषय का विचार करने लगी। एकाएक उसके मुख पर मीठी मुस्कान की छाया छा गई, और उसके नेत्रों में मुग्धता के कौतुक का रंग चढ़ गया।

भगवती ने उल्लास से पूछा, "अब क्या गुल खिला?"

बहू ने कहा, "कुछ नहीं!" इतना कहकर वह एक निर्दोष बालक की तरह खिलखिलाकर हंस पड़ी।

भगवती का कौतुक बढ़ा। उसके कमल-से खिलते मुख पर नेत्रों को टिका कर उसने कहा, "कुछ बात तो जरूर है।"

बहू कुछ सकुचा कर चलने लगी। भगवती ने उसकी साड़ी का पल्ला पकड़कर कहा, "वाह! चल कहां को दी? बात तो बतानी ही पड़ेगी!" बहू ने नीची दृष्टि से हंसते-हंसते कहा, "मैं कह दूंगी।"

"क्या?"

"वही बात।"

"वही बात?"

बहू फिर ज़रा हंसी और भगवती की तरफ एक मोहक दृष्टि डाली। भगवती ने मंद मुस्कान से कहा, "क्या बात?"

"तुम्हें नहीं बताऊंगी!" इतना कह वह चंचलता से उठकर चल दी। उसके पैरों की झांझन झनझना उठीं। हाथ के अलंकारों का कर्ण प्रिय शब्द गूंज उठा।

भगवती ने उठकर उसका कोमल हाथ पकड़कर उसके शरीर को खींचने की इच्छा प्रकट करते हुए कहा, "बोलो, अब कहोगी या नहीं!"

बहू ने घबराकर कहा, "छोड़ो, कहती हूं।"

भगवती ने उसका हाथ छोड़कर कहा, "कहो।"

प्रफुल्लित होकर हंसते-हंसते बहू ने कहा, "मैं कल सवेरे की बात कह दूंगी।"

भगवती समझ गया, पर मूर्खता से मानो कुछ समझा ही नहीं, उसने कहा, "मुझे तो कुछ याद नहीं है।"

बह ने कहा, "ऐसे भोले बन गए हो! जब अम्मांजी देख गई थीं।"

भगवती ने फिर बोला, "क्या देख गई थीं?"

बहू ने सोचा, "वाह! इनकी स्मरण शक्ति इतनी ख़राब है!" इतना सोच वह चपलता से चली गई। भगवती उसका हाथ पकड़ने को उठा, पर वह भाग गई। उसने प्यासी दृष्टि से एक बार नीचे को देखा। बहू माताजी के पास जाकर गेहूं बीनने बैठ गई। मां ने हंसकर कहा, "बेटी, रहने दे, रहने दे; मैं बीने डालती हूं।" यह कहकर मां उसे आग्रह से हटाने लगी। उछलते हृदय से भगवती ने यह दृश्य देखा। वह मस्त हो गया और पलंग पर बैठकर उसी मस्ती में झूमने लगा।

सात

प्रवीण भोजन कर रहे थे। वही मैला घर और वही गरम चौका था। चूल्हे के सामने थोड़ी दूर पर कुशा का आसन पड़ा हुआ था। उसी पर बैठे नीचे दृष्टि किए वे भोजन कर रहे थे। उनका मन कहीं दूसरी जगह था। सुखदा जल्दी से गरम-गरम रोटियां बना रही थी। धीरे-धीरे फुलके गेंद की तरह फूल रहे थे, और उन पर घी चुपड़ कर वह पति को परोस रही थी। सुखदा ने हाथ में एक गरम रोटी लेकर थाली में परसने के विचार से स्वामी की ओर देखा। प्रवीण ने संकेत द्वारा परसने को मना कर दिया। सुखदा आग्रह से परसने का साहस कर नहीं सकती थी, पर आज उसने कहा, "बहुत हलका फुलका है, एक तो लो!" प्रवीण जिस विषय को विचार रहे थे, वह बड़ा मधुर था। उन्होंने प्रसन्नता से कहा, "अच्छा, डाल दो!" सुखदा का मुख प्रफुल्लित हो उठा। उसने एक मधुर दृष्टि पति की ओर डाली। उसे मालूम हुआ कि पति आज प्रसन्न हैं, उसने एक दबे स्वर में कहा, "क्या कुछ खा लिया था?"

प्रवीण ने ज़रा हंसकर कहा, "भगवती के घर गया था। उसने मिठाई खिला दी थी।" पति को हंसता देख सुखदा का उत्साह बढ़ गया। उसने प्रफुल्लित हृदय से कहा, "मिठाई तो यहां भी आ गई है। सवेरे ही उनकी महरी दे गई थी।"

प्रवीण ने कहा, "ठीक है, तुम भी कुछ भिजवा देना।" सुखदा ने स्त्री-स्वभाव से कहा, "बहू देखी?" प्रवीण को आघात हुआ, पर उन्होंने सावधान होकर कहा, "हां, देखी।"

सुखदा चुप रही।

प्रवीण ने कहा, "तुम्हें भी देखनी है क्या?"

सुखदा ने संकोच से कहा, "भेज दोगे तो देख आऊंगी।"

अब प्रवीण सोचने लगे कि सुखदा उसके सामने कैसी लगेगी। वह बड़े घर की लड़की है, खूबसूरत और मनोहर है। और सुखदा? हरि! हरि! इन विचारों से प्रवीण का सिर चकराने लगा। उन्होंने अपने मन में ईश्वर पर कोप करके कहा, "यह मेरा अपमान नहीं, तो और क्या है?"

सुखदा का ध्यान इस ओर नहीं था। उसने प्रसन्नता के स्वर में कहा, "जाऊंगी तो मुंह-दिखाई के लिए कुछ ले जाना होगा।"

प्रवीण ने फिर एक बार अपनी स्त्री की ओर देख लिया। वे यह विचार कर रहे थे कि भगवती की नवपरिणीता वधू कदाचित् इस कुरूपा और मूर्ख स्त्री का अपमान न कर दे और मैं भी उसकी दृष्टि से उतर जाऊं। एकाएक एक आसुरी भाव उनके मन में उदय हुआ। वे बोले, "उसे निमंत्रण देकर एक बार अपने घर पर भी तो बुलाना चाहिए।"

सुखदा ने सरलता से कहा, "जाऊंगी तो निमंत्रण भी देती आऊंगी।"

प्रवीण कुछ विचार कर बोले, "मुंह-दिखाई में क्या ले जाओगी?"

सुखदा ने संकोच से कहा, "दो रुपए दे देना और कुछ फल-मिठाई ला देना। बस, इतने से काम चल जाएगा।"

प्रवीण विचारने लगे, "उस रूप को देखने के लिए सिर्फ़ दो रुपए! छिः! यह तो बड़ी वाहियात बात है।" वे अपने मन को न रोक सके। रसिकता जागरित हो उठी। उनके मुंह से निकल पड़ा, "उस मुंह का मूल्य क्या सिर्फ दो रुपए?"

सुखदा तत्त्व को न समझ सकी। उसने सीधे स्वभाव कहा, "मूल्य की इसमें क्या बात है? यह तो रीति-रिवाज है।" फिर उसने स्वाभाविक रसिकता से कहा, "हमें क्या मुंह मोल लेना है? देखने को दो रुपए बहुत हैं!"

सुखदा प्रवीण की स्त्री थी। उनकी विवाहिता स्त्री थी। तो भी उसके इस सुंदर उपहास में प्रवीण योग न दे सके। वे जरा गंभीर बनकर बोले, "एक-आध जेवर दे देना। घर में तो जैसे हैं, वैसे हैं, पर बाहर का व्यवहार तो ठीक-ठीक होना चाहिए।" सुखदा भी गंभीर बन गई। उसने कहा, "ठीक है।"

प्रवीण ने कहा, "अपनी ईयरिंग की जोड़ी दे देना। तुम्हारे लिए फिर सुभीते से भारी बनवा दूंगा।"

सुखदा ने कहा, "मैं तो पहनती भी कहां हूं। जब पहनूंगी तब देखा जाएगा।"

"परसों के लिए निमन्त्रण दे आना।" इतना कहते-कहते उन्होंने देखा, भगवती आ रहा है। वे बोले, "यह लो! भगवती ही हाज़िर है।" भगवती ने भीतर आकर सुखदा को प्रणाम करके कहा, "भाभी! तुम्हें वह बुलाती है। कहो, कब चलोगी?" प्रवीण ने हंसते-हंसते कहा, "लो, यह आया बहू का ताबेदार, बहू का संदेशा लेकर!" भगवती ने देखा, बड़ा बुरा हुआ, भाभी क्या समझेगी। नौकर के करने का काम मैंने कर लिया। उसने बात फेरने के लिए कुछ हंसकर कहा, "बात ऐसी हुई कि नौकरानी काम में लग रही थी, और मैं इधर आ रहा था। यह संदेशा भी लेता आया हूं।" प्रवीण ज़ोर से हंस पड़े और बोले, "ठीक किया, इस बहाने से घर से बाहर तो निकले!"

भगवती ने कहा, "अब तुम गड़बड़ी मत करो। बोलो, कहीं बाहर घूमने चलते हो या लौटकर घर चला जाऊं।"

प्रवीण ने कहा, "भगवती, सीधे घर जाओ! नहीं तो खैर नहीं है!"

भगवती चुप हुआ। प्रवीण के सामने वह सदा ही मूर्ख बनता आया है। उसकी बुद्धि ही प्रवीण के सामने डावांडोल हो जाती है। वह जितनी ही रसिकता प्रकट करता, उतना ही बेवकूफ बनता था। उसने मुस्कराकर कहा, "भाभी! भाई के कपड़े तो ला दो, ज़रा बाहर घूम आए। वे घर में पड़े-पड़े मिट्टी हो जाते हैं।"

प्रवीण ने कहा, "भले ही मैं मिट्टी हो जाऊं, पर तुम खरे कुंदन ही बन जाना।"

इसके बाद दोनों मित्र घूमने निकल गए।

आठ

दोनों मित्र नगर से बाहर निकल गए। भगवती कुछ कहना चाहता था, और प्रवीण कुछ पूछने की इच्छा रखते थे, पर न तो वह कुछ कह ही सकता था, और न वही कुछ पूछ सकते थे। भगवती का मानो पेट फूल रहा था, पर बात मुंह से निकलती न थी।

वह बड़े धैर्य से अपने उद्वेग को रोक रहा था। वैसे ही धैर्य से प्रवीण अपनी उत्कंठा को छिपा रहे थे। भगवती बार-बार मतलब भरी निगाह से प्रवीण की तरफ ताकता था। उस ताकने का मतलब यह था कि खूब आनंद की बातें उसके मन में हिलोरें ले रही हैं, और वैसी ही दृष्टि से प्रवीण उसकी ओर देखकर मुस्कराते जाते थे। उस मुस्कराने का मतलब यह था कि विलंब करने की क्या जरूरत है! जो कहना हो, कह डालो।

पर पहले कौन? भगवती ने देखा, यह तो बिलकुल प्रथम प्रवेश के समान है। प्रवीण भी समझ गए कि भोंदू भगवती बहू से अधिक लजीला है।

प्रवीण ने ही शांति भंग की। वे बोले, "भगवती! तुम तो गूंगे हो गए मालूम होते हो। बहू ने क्या बात करने को भी मनाही कर दी है? जीभ भी काटकर क्या उसके आंचल में बांध आए हो?"

भगवती मुस्कराया। फिर ज़रा गंभीरता से, भेद-भरी दृष्टि से प्रवीण को घूरते-घूरते कहा, "कुछ पूछो तो कहूं, या यों ही फिजूल सिर खपाऊं?"

प्रवीण खिलखिलाकर हंस पड़े। इस हास्य से भगवती झेंप गया। उसने देखा कि उत्तर वास्तव में ठीक नहीं बना। वह हंसता-हंसता बोला, "इतना क्यों हंसते हो? तुम भी तो गूंगे बने बैठे हो। क्या तुम्हें भी भाभी ने बोलने को मनाही कर दी है?"

"मेरे घर में क्या प्रथम वधू-प्रवेश हुआ है?"

"प्रथम वधू-प्रवेश से क्या होता है?"

"स्त्री का गुलाम बनना पड़ता है। घर में घुसकर बैठना पड़ता है, और आवश्यकता पड़ने पर उसका संदेशा भी..."

भगवती ने बीच में बात काटकर कहा, "तब तुम भी तो यह सब कर चुके होगे?"

यह बात प्रवीण ने हंसकर उड़ा दी।

वे बोले, "खैर, यह तो बताओ, बहू पसंद तो है?"

भगवती की आंखों में चमक आ गई। उसने उत्साह से कहा, "पसंद क्यों न होती?"

प्रवीण ने कहा, "कैसी है?"

भगवती घबरा गया। उसकी समझ में कुछ भी न आया कि क्या जवाब दे। अंत में वह बोला, "मुझे जैसी चाहिए थी, वैसी ही है।" कौन जाने किसलिए प्रवीण इस उत्तर को सह न सके, पर वे मन की बात छिपाकर बोले, "तुम्हें कैसी चाहिए थी?"

भगवती ने ज्यादा गड़बड़ न कर कहा, "बस, ऐसी ही।"

क्षण-भर के लिए विवाद के बादलों ने प्रवीण को घेर लिया। उन्होंने गंभीरतापूर्वक कहा, "तब क्या तुम पहले ही से एक तस्वीर बना चुके थे?"

भगवती ने कौतूहल से कहा, "नहीं तो।"

"तब?"

"तब क्या?"

"तब तुम यह कैसे कहते हो कि तुम ऐसी ही बहू की इच्छा रखते हो?"

भगवती ने कहा, "मुझे वह बहुत पसंद है, और वह भी मुझे बहुत चाहती है। भई, बिना जान-पहचान के दस-पांच ही दिन में इतना प्यार कोई कर सकता है, यह तो मैं जानता ही न था।"

प्रवीण ने देखा, मूर्ख मित्र बिलकुल मुग्ध हो रहा है। यह भी देखा, वैसे सरल और शुद्ध हृदय के आदमी कम मिलते हैं। उन्होंने ललचीली दृष्टि से भगवती को देखकर कहा, "भगवती! यह प्यार तुम्हें बहुत भाया है, क्यों?"

भगवती ने उतावली से कहा, "उसके सामने सब कुछ तुच्छ है, हाय, हाय, वह तो एकदम गर्मागर्म है!"

प्रवीण में अधिक बात करने की सामर्थ्य नहीं रही। उन्होंने यथासाध्य हंसी के ढंग से कहा, "तब ज्यादा देर करने में कुशल नहीं है! देर होने से प्यार ठंडा पड़ जाएगा! चलो, घर लौट चलें।"

भगवती झट राजी हो गया। प्रवीण ने बातचीत बंद कर दी। भगवती ने कुछ झिझक कर पूछा, "भाई, सच कहना। तुम्हें भी क्या। भाभी से इतना ही सुख मिलता है?"

प्रवीण के हृदय में तीर लगा। वे बोले, "भगवती! यह तुम किसलिए पूछते हो?"

भगवती ने सरल भाव से कहा, "सिर्फ इसलिए कि तुम बहुत दुष्ट हो। तुमने कभी मुझसे यह बात न कही। उस सुख की मुझे कभी झांकी भी न कराई।"

प्रवीण ने एक मंद हास्य हंसकर कहा, "भगवती! स्त्री का सुख तो चूर के लड्डू हैं। खाए तो पछताए, न खाए तो पछताए।"

भगवती उदास होकर बोला, "समझ गया। भाभी से तुम्हें सुख नहीं मिला। तो क्या भाभी तुम्हें प्यार नहीं करतीं?"

प्रवीण अपने भावों को छिपाने में सर्वथा असमर्थ होकर बोले, तुम्हारी भाभी मुझे जितना चाहती हैं, उतना कोई बिरली ही स्त्री अपने पति को चाहती होगी।"

भगवती ने कहा, "तब क्या तुम उन्हें नहीं चाहते?"

"भगवती! इस प्रश्न का उत्तर देना कठिन है।"

भगवती ने विस्मित होकर पूछा, "यह तुम क्या कहते हो?"

प्रवीण बहुत उदास हो गए। भगवती के बहुत आग्रह करने पर वे बोले, "आज तक कभी मैंने इस विषय पर विचार ही नहीं किया।"

भगवती कुछ देर तक उनके मुख की तरफ ताकता रहा। फिर उनका हाथ पकड़कर बोला, "यह तो बड़ी विचित्र बात है! भाभी तुम्हें इतना चाहती हैं, और तुम्हें इतनी भी खबर नहीं कि तुम उन्हें प्यार करते भी हो या नहीं!"

प्रवीण ने देखा, उनकी योग्यता फीकी पड़ रही है, और मूर्ख भगवती उन्हें निरुत्तर कर रहा है। वे गंभीरता से बोले, "भगवती! प्रत्येक मनुष्य, पशु-पक्षी के जीवन में यौवन के प्रारंभ में एक उमंग की मस्तानी लहर आती है। वह कभी मेरे जीवन में आई ही नहीं। नए स्त्री-पुरुष में ब्याह के पीछे एक बहुत माधुर्ययुक्त रसीला भाव कुछ दिन रहता है, मुझे वह भी नसीब नहीं हुआ। प्रेम और रस ये दोनों फल मैंने कभी चखे ही नहीं हैं। इनका स्वाद अब इस जन्म में कभी मिलेगा, इसकी आशा भी नहीं है।" इतना कहकर वे चुप हो गए।

भगवती चुपचाप सुनता जा रहा था। प्रवीण एकाएक बोले, "बात यह है, केवल प्यार से ही प्यार नहीं मिलता। उसके लिए कुछ और भी चाहिए।"

भगवती ने झटपट पूछा, "वह क्या?"

प्रवीण के मुख से झट निकल गया, "रूप!" परंतु यह दो अक्षरों का छोटा-सा शब्द निकलने के पहले ही उनके हृदय से निःश्वास भी निकल गया।

भगवती ने तीव्रता से प्रश्न किया, "रूप! क्या रूप?"

प्रवीण दृढ़तापूर्वक न कह सके कि 'हां', रूप! उनके मन में विश्वास हो गया कि यह सिद्धांत तो सर्वथा गलत है। वे एक व्याकुल मनुष्य की तरह भगवती की ओर देखने लगे। भगवती ने कहा, "तब तो मेरी स्त्री को मुझे प्यार नहीं करना चाहिए? क्योंकि रूप की तो मुझमें भारी कमी है।"

प्रवीण क्षण-भर चुप रहे। फिर बोले, "भगवती! हम लोग एक-दूसरे के सुख में शामिल रहे हैं। तुम बड़े सीधे और सज्जन मित्र हो। तुम्हें मैंने कभी दुःख में शामिल करने की इच्छा नहीं की। बचपन की दोस्ती होती भी कुछ ऐसी ही है। हम

लोग परस्पर एक-दूसरे से दुःख कहने के अभ्यासी नहीं हैं। हम लोग एक-दूसरे को प्यार करने में सदा सुखी रहे हैं। अब तुम्हें नया सुख भी भरपूर मिल गया है, यह अति आनंद की बात है।" इतना कहकर उन्होंने मुस्कराकर भगवती का कंधा पकड़ लिया।

भगवती ने बहुत ही दुःखी होकर प्रवीण के गले में हाथ डालकर कहा, "भाई, तुम मुझसे मन में इतना भेद-भाव रखते हो, ऐसी तो आशा न थी। अब तुम्हें मन की बात कहनी पड़ेगी जरूर।"

प्रवीण अंत में रो पड़े। उन्होंने आंसू पोंछकर कहा, "भगवती, उस बात को पूछने का तू ही अधिकारी है। ईश्वर तुझे प्रसन्न रखे। शीघ्र ही मैं तुझे अपने मन की धधकती ज्वाला दिखाऊंगा।"

इसके बाद दोनों बंध बहुत ही खिन्न मन से अलग होकर अपने-अपने घर की ओर चले गए।

नौ

दोपहर पीछे सोकर उठने पर भगवती ने नीचे आंगन में आकर देखा, सुखदा और बहू घुल-घुलकर बातें कर रही हैं। उसने हंसते-हंसते कहा, "भाभीजी! नमस्ते।"

सुखदा ने सिर का वस्त्र संभालते हुए कुछ हंसकर कहा, "तुम तो बहू को एक दिन के लिए भी बाहर नहीं भेजते हो। क्या वह तुम्हारी ही चीज है?"

भगवती ने वैसी ही हंसी हंसकर कहा, "कैसे भेजूं? यह रास्ता भूल जाती है। रास्ते से कोई पकड़ न ले जाए, इसी से डरता हूं, और उसका यह हाथी की सूंड़ जैसा लंबा घूंघट तो रात-दिन लटका ही रहता है।

बहू ने लाज-भरी हंसी हंसकर तिरछी दृष्टि से पति को घूरते हुए कहा, "चलो, हटो यहां से। क्यों आए हो? अपना काम देखो।"

भगवती ने सुखदा से फरियाद के ढंग से कहा, "देखो भाभी! तुम्हारी बहू को मैं ज़रा भी नहीं भाता।"

सुखदा हंसकर बहू की तरफ देखने लगी। बहू ने व्याज कोप से कहा, "तुम्हारी जोड़ी आज कहां है?"

भगवती हंसते-हंसते धीरे-धीरे बाहर चला गया। बहू ने सुखदा से कहा, "घर में सोने और खाने के सिवा ये कुछ सीखे ही नहीं हैं। जब देखो, जोड़ी फिरा करती है।"

सुखदा बोली, "यही दशा उनकी है।" पर जिस बात को कहते-कहते बहू उल्लास में आ गई थी, वही बात कहते-कहते सुखदा दुःख में डूब गई।

बहू ने यह देखा, पर कुछ समझ न सकी। उस अबोध बाला को सब बातों का पूरा अनुभव न था। वह सुखदा की उदासी का दूसरा ही अर्थ समझकर बोली,

"जीजी! मरदों का तो यह स्वभाव ही है। स्त्रियों के पास उनका जी लगता ही नहीं है।"

इतने ही में प्रवीण के साथ भगवती फिर आ धमका। उसने वैसी ही हंसी हंसकर कहा, "लो भाभी! यह हमारी भी जोड़ी हाज़िर है।" बहू ने झटपट घूंघट खींच लिया। सुखदा ने संतोष की दृष्टि से पति का प्रफुल्ल चेहरा देखा। प्रवीण ने सबकी नज़र बचाकर बहू की एक झलक देखकर कहा, "मामला क्या है? किसलिए यह गिरफ्तारी निकली है?"

बहू उठकर वहां से जाने लगी। सुखदा ने उसे रोककर प्रवीण से कहा, "तुम लोग बाहर की बैठक में जाओ न?"

प्रवीण ने पल-भर के लिए बहू पर एक नज़र फेंककर ताने के स्वर में कहा, "मैं क्या अपनी इच्छा से यहां आया हूं? क्यों भगवती! क्या इसी तरह अपमान कराने के लिए घसीट लाया है?"

भगवती ने हंसकर कहा, "भाभी द्वारा किए अपमान की बात तुम जानो। मुझे तो बहू का हुक्म था।"

प्रवीण ने कहा, "खैर, तो मैं तुम्हारी भाभी द्वारा किया अपमान सह लूंगा। पर मैं नहीं चाहता कि तुम अपनी बहू की आज्ञा का उल्लंघन करो।" इतना कहकर उन्होंने बहू के घूंघट में एक गहरी दृष्टि डाली। बहू ने उसे देख लिया। उसने घूंघट ही में से सुखदा को टहोका मारकर कहा, "उन्हें बैठने दो, तुम्हारा क्या बिगड़ता है?"

आज सुखदा पति को इतना प्रसन्न देखकर मग्न हो गई थी, वह हंस पड़ी। हंसते-हंसते ही उसने कहा, "ठीक है, फिर मैं दूसरे के घर से किसी को निकालने वाली कौन हूं?"

भगवती ने कहा, "यह बात सलाह की हुई है। बैठो न प्रवीण भाई! घबराओ मत। अभी उसके पीहर की मिठाई की चूर-चार पड़ी है। बैठे-बैठे उसी का भोग लगा डालो।" इसके बाद उसने बहू को मिठाई का चूर-चार लाने का आदेश भी कर दिया।

प्रवीण ने कहा, "लो, यह नई आफत आई। चूर-चार सब हमारे भाग्य में और तर माल तुम चीरोगे? रहने दो बहू! मैं चूर-चार नहीं खाता हूं।" सुखदा ने देखा कि यह तो स्वामी का सरासर अपमान हैं। वे क्या चूर-चार खाने वाले हैं? वाह! उसने बहू का हाथ पकड़कर कहा, "जाने दो, यह भी कोई खाने का वक्त है?"

बहू उठती-उठती रुक गई। वह सुखदा की बगल में बैठ गई और धीरे-धीरे उसके कान में बोली, "जीजी! इन दोनों का जो आपस में विवाह हो जाता तो ठीक होता!"

प्रवीण के कान इधर ही थे। उन्होंने सुखदा से पूछा, "बहू ने क्या कहा?"

सुखदा ने हंसते-हंसते बहू का विचार कह सुनाया। प्रवीण मुस्कराकर चुप हो रहे। पर भगवती ने बीच में कहा, "अच्छी बात है। हम आपस में ब्याह किए लेते हैं, और तुम भी आपस में कर लो।"

बहू ने गर्दन सीधी करके कहा, "किसलिए?"

भगवती ने कहा, "भाभी की बिना गोरे आदमी के चलेगी नहीं, और तुम्हें भी एक सांवला आदमी चाहिए। इतना कहकर भगवती इस तरह हंसा मानो कोई भारी चातुर्य पूर्ण उपहास किया हो।

सुखदा अपनी कुरूपता की आलोचना सुनकर झेंप गई, और प्रवीण के रूप से अपने रूप की तुलना सुनकर बहू के गाल लाल हो गए। उसने छिपी नज़र से एक बार प्रवीण को देखना चाहा, पर प्रवीण उसी की ओर देख रहे थे। बहू ने घबराकर नज़र नीची कर ली।

बहू उठकर अंदर चलने लगी। सुखदा ने उसे पकड़ लिया। भगवती ने कहा, "भागती क्यों हो? यह जोड़ी तो खराब नहीं है। क्यों भाभी, तुम्हारी क्या राय है?"

सुखदा के मुख से गहरी सांस निकली। उसने फीकी हंसी हंसकर कहा, "अब इन बातों में क्या धरा है? जो हो गया है, उसी पर संतोष करो। वह उलट-फेर तो पुरुषों को ही शोभा देता है।" इतना कहते-कहते वह गंभीर हो गई।

प्रवीण के कान खड़े हुए। वे विचारने लगे कि क्या इसके हृदय में मुझसे ब्याह करने का पछतावा है? उनके हृदय में अपमान जागृत हुआ। वे झट बोल उठे, "अच्छी ही बात है कि पुरुषों को ब्याह के मामले में उलट-फेर करने की स्वाधीनता मिली हुई है।"

यह व्यंग्य तीर की तरह सुखदा की छाती के पार हो गया। वह खिसियानी-सी होकर धरती कुरेदने लगी। हंसी उड़ गई। भगवती को एकाएक कल रात की बातचीत याद आ गई। उसने क्षण-भर सुखदा और प्रवीण की ओर देखा, और कुछ कहना चाहा, पर प्रवीण ने उसका हाथ पकड़ लिया, और वे कमरे से बाहर निकल गए।

बहू ने पूछा, "जीजी! सच कहना, वे तुम्हें कितना चाहते हैं?" सुखदा बात को उड़ाने लगी।

बहू ने जिद करके कहा, "जीजी! बता दो न, मैं क्या हिस्सा मांगती हूं!" सुखदा ने एक कठोर दृष्टि से बहू की ओर देखा, फिर पूछा, "जब हिस्सा बंटाना ही नहीं है, तब पूछती ही किसलिए हो? दूसरे के हिसाब-किताब से तुम्हें क्या मतलब है?"

बहू ने खिसियानी-सी होकर कहा, "अच्छी बात है। मत बताओ।"

सुखदा का स्त्री-हृदय न रुका। जिस प्रश्न को अनुचित समझकर वह इतनी नाराज हो गई थी, वही प्रश्न अब उसने स्वयं बहू से पूछा, वह बोली, "अच्छा, तुम्हीं कहो कि वे तुम्हें कितना प्यार करते हैं।" बहू कुछ बोल तो न सकी, पर सुखदा ने उसे देख लिया। प्रश्न के साथ ही उसकी हत्तंत्री के सारे तार झनझना उठे और उस प्रश्न के उत्तर का कोई ओर-छोर नहीं दिखा। वह जरा लाज छोड़ सके, तो उस प्रश्न के उत्तर में वह नाच उठे।

पर सुखदा ने फिर वही प्रश्न किया। बहू बोली, "देखती तो हो कि वे अपनी मां को छोड़कर संसार में और किसी को जानते ही नहीं हैं। बहुओं को तो लोग मतलब के लिए प्यार करते हैं। मतलब निकला कि बस...।" इतना कहकर बहू एक भेद-भरी नज़र से सुखदा को देखकर हंसने लगी। उसे हंसती देख सुखदा भी हंसी, पर

उसके मन में किसी रस का उदय नहीं हुआ। उसने इस बात को उड़ा देने के लिए प्रश्न किया, "अच्छा जो कदाचित् तुम्हारा इनके साथ ब्याह होता?"

बहू ने विषय के औचित्य पर कुछ भी ध्यान न दिया। वह अंधाधुंध बोल उठी, "तब तो तुम मुझ पर खूब डाह करतीं। पर ऐसा होता ही क्यों?"

सुखदा बोली, "यह चांद का टुकड़ा! यह खुशमिज़ाज तबीयत और कुंदन-सा शरीर, यही तो उन्हें पसंद है। मैं कुरूपा गंवारी कहां से उनके मार्ग में आ पड़ी!"

बहू गंभीरता से बोली, "सो कैसे? क्या रूप से ही प्यार हो सकता है?" इतना कहते-कहते उसकी मद-गर्वित आंखें चमकने लगीं।

सुखदा मतलब समझकर भी भोली बन गई। उसने कहा, "मैं - तो ऐसा ही समझती हूं।"

इस समय बहू ने बात फेरकर बुद्धिमत्ता से उत्तर दिया, "भला जो तुम उनकी तरह सुंदर होतीं, और वे काले-कलूटे होते, तो क्या तुम उन्हें प्यार न करती?"

सुखदा ने चौंक कर कहा, "स्त्रियों की बात दूसरी है।" बहू की कली-कली खिल गई। उसने विजयी वीर की तरह सुखदा को प्रफुल्ल नेत्रों से देखा। सुखदा ने अपनी लज्जा उतारने के लिए कहा, "पर इतने झगड़े की जरूरत ही क्या है? क्या सुंदर जोड़े नहीं मिलते? बेमेल की जोड़ी किस काम की?"

बहू बोली, "अच्छा, अब तुम दूसरे रास्ते चलीं!"

सुखदा हंस पड़ी। उसने कहा, "तर्क की बात और व्यवहार की बात अलग होती है।"

दस

प्रवीण ने घर जाकर देखा, घर में सन्नाटा है। एक मिट्टी का दीया आले में टिमटिमा रहा था। और भी देखा, आज चौका-बासन वैसा ही जूठा पड़ा है जिससे वह छोटा-सा घर और भी मलिन दीख पड़ रहा है, और सुखदा अपनी कोठरी में अपने मैले बिछौने पर मैली साड़ी पहने सो रही है। उसके बाल अव्यवस्थित रीति से बिखर रहे हैं। जो सुखदा का मुख सुंदर होता, तो उसका इस तरह सोना, ऐसे बाल बिखरना ये सब निभ जाते। पर यही एक कठिनाई थी। प्रवीण ने नाक-भौं सिकोड़े और कुछ बड़ बड़ा कर अपने कपड़े उतारे, और खाट पर बैठे; पर उनका मन वहां लगता न था। उन्हें घर में दुर्गंध-सी मालूम पड़ती थी, और वे समझते थे, यह दुर्गंध सुखदा के श्वास की है। उन्होंने झुंझला कर स्त्री का हाथ पकड़कर ज़रा हिलाया। सुखदा चौंक कर जाग उठी, और पति को देख एकदम खड़ी हो गई। उसने घबराकर कहा, "तुम आ गए?"

प्रवीण ने झल्लाकर कहा, "दरवाजा खुला पड़ा है, और तुम मजे में खुर्राटे भर रही हो!" सुखदा ने पश्चात्ताप की दृष्टि से पति को देखकर कहा, "अभी बैठे-बैठे नींद आ गई। मैं अभी तक तो तुम्हारी बाट देख रही थी।"

प्रवीण ने दूसरी तरफ मुंह फेर और माथे में बल डालकर कहा, "ज़रा पीने को पानी दो।"

सुखदा बाहर आकर गिलास मांजने लगी। यह देख प्रवीण ने गरज कर कहा, "तत्काल ही गिलास मांजना पड़ा? पहले से बासन मांज कर भी नहीं रखे गए?"

सुखदा ने नम्रता से कहा, "आज पानी नहीं था। इसलिए काम रह गया। रोज़ तो चौका-बासन हो ही जाता है।" इतना कहकर वह घबराती हुई घड़े के पास गई, पर

खेद की बात है कि सारा घड़ा उलटने पर भी केवल आधा गिलास पानी निकला। वह भी साफ नहीं था, घड़े की मिट्टी मिली थी।

सुखदा तो वहीं सूख गई। वह कांपती हुई क्रोधित स्वामी के पास धीरे-धीरे आकर बोली, "पानी तो घर में है ही नहीं। आज कहार आया ही न था।" प्रवीण ने क्रोध से अधीर होकर सुखदा के हाथ से गिलास छीनकर धरती पर दे मारा। झंखा-बावल सुनकर उनकी माता बाहर निकल आईं पर वे उसे ढकेल और कोट पहन घर से बाहर निकल गए।

घर से बाहर आकर वे कुछ देर सड़क पर खड़े रहे। कहां जाना चाहिए, इसका कुछ निश्चय न हुआ। वे सीधे भगवती के घर चले। गली में अंधेरा था, और भगवती के घर का दरवाजा बंद था। परंतु ऊपर रोशनी देखकर उन्हें कुछ धीरज हुआ। उन्होंने दरवाजा खटखटाया। अब उन्हें चिंता लगी कि इतनी रात गए आने का क्या कारण बताऊंगा। पर उनका इरादा वहीं रात काटने का था। पहले भी ऐसे अनेक अवसर आए थे, पर उस समय भगवती अविवाहित था।

वृद्धा ने हाथ में दीया लेकर द्वार खोला और प्रवीण को द्वार पर देखकर चौंक कर बोली, "कुशल तो है? इस समय कैसे? घबरा क्यों रहा है?"

प्रवीण ने कठिनता से हंसकर, मन में संकोच करके कहा, "क्या बहुत देर हो गई? आज जयकिशनजी के यहां न्योते में गया था। उधर से ही आ रहा हूं। मन में आया कि भगवती से भी मिलता जाऊं। तुम्हें देखे भी कई दिन हो गए।"

वृद्धा का मन ठिकाने आया। उसने हंसकर कहा, "तो चल भीतर चल। मैं तो तुझे रोज़ याद करती हूं। भगवती से आज भी कहा था।"

प्रवीण ने बैठकर कहा, "फुरसती ही नहीं होती, करूं क्या? भगवती क्या ऊपर है?"

वृद्धा ने कहा, "हां, ऊपर सोता है।"

प्रवीण ने मुंह बनाकर कहा, "दिन छिपते ही सो जाता है भला आदमी! मां! तुमने इसे बिलकुल आलसी बना दिया है।" इतना कह वे ऊपर जाकर उसे जगाने के विचार से अपने आसन से उठे।

वृद्धा ने ज़रा घबराहट से हंसकर कहा, "रहने दे, इस वक्त क्यों जगाता है? बहू भी ऊपर ही है।"

प्रवीण अपनी बात के अनौचित्य को समझकर लज्जित हुए। उन्होंने देखा, वृद्धा सोने के लिए ही जाती थी। उसका बिछौना भी तैयार है। वे बेवकूफी करके बिना विचारे चले आए हैं, इसलिए अपने-आपको धिक्कारने लगे। पर मन के खिसियानेपन को छिपाकर बोले, "मां! यह तो कहो, बहू तुम्हारे कहे की है या भगवती की ही बांदी है?"

वृद्धा ने कहा, "बेटा! ऐसी बहू भगवान सबको दे। हमारी बहू तो साक्षात् लक्ष्मी है। जब से घर में आई है, तब से घर में चांदना हो गया है।"

प्रवीण इस भाषण को सुन ही न सके। वे ऊपर से हंसकर बोले, "तब ठीक है। यही तो चाहिए भी। अच्छा, तो अब मैं जाता हूं, तुम दरवाजे बंद कर लो।"

वृद्धा ने कहा, "और थोड़ी देर बैठ जा। कितने दिनों में तो आया है। जैसे भगवती को भूल ही गया हो।"

प्रवीण ने हंसकर कहा, "भगवती को चाहे भूल जाऊं, पर मां, तुम्हें तो नहीं भूल सकता!"

वृद्धा ने गर्व से हंसकर कहा, "मेरे लिए तुम दोनों बराबर हो!"

"भगवती को कल जरूर भेजना।" इतना कहकर प्रवीण घर से बाहर निकल गए। बुढ़िया ने द्वार बंद कर लिया।

ग्यारह

भगवती अत्यंत सरल और आनंदी स्वभाव का मनुष्य था और उसे आनंद की मूर्ति-रूप बहू मिली थी। पर प्रवीण का दुःख उसमें धूल की तरह मिल गया था। उसे उसके सुख में कुछ न्यूनता दिखाई देती थी।

पहले तो प्रवीण की उदासी की तरफ उसका कुछ ध्यान ही न था। पर पीछे जब इस संबंध में बातचीत हुई, और स्त्री का प्रिय समागम उसे प्राप्त हुआ, तब स्त्री-पुरुष के प्रेम का अभाव या उदासीनता कैसा कष्ट है, उसे गंभीरता से दीख पड़ने लगा, और वह मित्र के दुःख से रोज़-रोज़ दुःखी रहने लगा। यहां तक कि जब उसे बहू से अत्यंत सुख मिलता, तब वह प्रवीण की बात अपनी स्त्री से कह ही देता।

वह बहुत सोचता था, पर प्रवीण की इतनी गहरी उदासी का कोई कारण नज़र नहीं आता था, वह इस विषय में प्रवीण के साथ स्पष्ट रूप से बात करते हुए हिचकता था। क्योंकि वह यह समझता था कि प्रवीण के इस दुःख का मुख्य कारण सुखदा है। पर यह बात किसी तरह उसके मगज में बैठती ही न थी कि सुखदा जैसी कर्मनिष्ठ और मधुर स्वभाववाली स्त्री से उसे इतनी विरक्ति कैसे हो गई है!

वह बहुधा अपने सुखी जीवन की घटनाओं को लेकर घर से निकलता। ये घटनाएं सदा उसके कंठ तक भरी रहती थीं। वह उमंग और आनंद की लहरों में प्रवीण के पास जाता, क्योंकि इस उल्लास को व्यक्त करने योग्य उसे अन्य स्थान न मिलता था; पर प्रवीण की अत्यंत उदासीनता को देखकर उसका हृदय ठंडा पड़ जाता था। वह न तो प्रवीण को दिलासा ही दे सकता था, और न भीतर के सुख को ही छिपाने में सफल होता था।

नए स्त्री-पुरुषों को प्रथम बार गर्भस्थिति-प्रसंग बहुत ही आह्लाद जनक होता है। भगवती को यह सौभाग्य भी मिला। आनंदी और सरला पत्नी के सुख से अत्यंत

सुखी भगवती की स्थिति इससे कैसी हो गई! वह कुछ दिन तो पागलों की तरह हो गया। आनंद के सागर में तैरने लगा। साथ ही उसे यह विचार भी हुआ कि प्रवीण के ब्याह को इतने दिन बीत गए, फिर भी उसे यह सुख क्यों नहीं मिला? पहले तो उसे इन बातों का कुछ ध्यान भी न था, पर अब उसे प्रवीण के भाग्य पर प्रत्यक्ष दया आने लगी। स्वयं अत्यंत उल्लास में होने पर भी मित्र की उदासीनता देखकर वह अपने मन की बात छिपाने लगा। पर उसे यह कब खबर थी कि यह बात छिपी न रहेगी। एक दिन उसकी मां ने कहा, "जा जल्दी, अपनी भाभी और प्रवीण को बुला ला, और प्रवीण से एक दाई ले आने को भी कह देना।"

पहले तो वह घबराया, पर उसे जाना ही पड़ा। मन में उल्लास था। वह प्रवीण की दुकान पर पहुंचा। देखा तो वही उदासी प्रवीण के चेहरे पर थी। भगवती गंभीर होकर चुपचाप बैठ गया। पर इस समय इस तरह चुपचाप बैठना कठिन काम था। पर जल्दी करने से मन की प्रसन्नता कैसे प्रकट की जाए? अंत में प्रवीण ने पूछा, "भगवती, उदास कैसे हो?"

भगवती के जी में जी आया। उसने कहा, "उदास तुम हो कि मैं?"

प्रवीण ने कहा, "पर मेरी उदासी की तो कुछ बात ही तुमने नहीं पूछी!"

भगवती लज्जित हुआ। कहा, "क्या तुम्हारे जी में कुछ बेचैनी है?"

प्रवीण ने ठंडे स्वर में कहा, "तुम्हें कैसा मालूम होता है?"

भगवती घबराया। उसने सिर खुजलाकर कहा, "सदा की तरह ही उदास मालूम देते हो!" इतना कह वह कुछ और कहने का अवसर देखने को प्रवीण की तरफ देखने लगा। प्रवीण ज़रा हंसकर चुप रहे। इसी हंसी में मन की बात बाहर निकल गई। ऐसा मालूम हुआ, जैसे कोई बालक कोई गंभीर बात पूछे, और हंसी में टाल दी जाए उसी तरह प्रवीण की हंसी में भगवती की बात का जवाब भी टल गया। उन्होंने सहज स्वभाव कहा, "इस वक्त कैसे आए?"

भगवती ने कहा, "तुम्हारा जी कैसा है, यह तो कहो।" प्रवीण ने उसके मुख पर आंख गड़ा कर कहा, "तो क्या तुम मेरे जी का हाल पूछने यहां आए हो?" भगवती ने सिर नीचा करके कहा, "तुम्हें मां ने बुलाया है।"

प्रवीण ने पूछा, “क्यों?”

भगवती ने दबी जबान से कहा, “भाभी और मां जी तो गई होंगी। मैं वहां कहता आया हूं। एक दाई को भी बुलाते लाने को कहा है।”

प्रवीण ने कहा, “दाई! तो ऐसी फुर्सत में कैसे बैठा था? तू घर चल, मैं दाई को लेकर आता हूं।”

बारह

दाई ने घबराई आवाज़ में भीतर से आकर कहा, "बाबू! डाक्टर बुलाओ, डाक्टर! बच्चा लटक गया है। ज़रा फुर्ती करो!"

भगवती तो एकदम घबरा गया। प्रवीण बिना एक क्षण का विलंब किए डाक्टर लाने को दौड़े।

घर-भर में व्यग्रता छा रही थी। दाई दौड़-धूप कर रही थी। भगवती का मन उछल रहा था, पर उसे कोई काम नहीं सूझता था। बुढ़िया बैठी भगवान को याद कर रही थी। सुखदा सौरीगृह में दाई की सहायता कर रही थी, और उसकी सास वृद्धा के पास बैठी उसे ढारस दे रही थी।

डाक्टर ने आते ही जच्चा को संभाला। रह-रहकर घर के भीतर से बहू के कराहने की वेदना-भरी आवाज़ आ रही थी। उसे सुन-सुनकर भगवती के प्राण मुंह को आते थे। एकाएक बच्चे के रोने का शब्द कान में पड़ा। सब चौंक उठे। क्षण-भर में ही दाई ने बाहर आकर भगवती से कहा, "बेटा हुआ है। लाओ बख्शीश!" भगवती पागल की तरह भौचक होकर दाई की तरफ देखने लगा। प्रवीण ने अपनी उंगली से सोने की अंगूठी निकाल दाई के पल्ले में डालकर पूछा, "कुछ डर की बात तो नहीं है न, बहू तो राजी-खुशी है?"

दाई ने कहा, "बहू बेहोश है। डाक्टर उसकी संभाल कर रहे हैं। मैं जाकर बच्चे को संभालती हूं। भगवान जीता-जागता करे!" इतना कहकर दाई भीतर चली गई।

भगवती ने अधीर होकर कहा, "भैया! चलो भीतर चलकर देखें, उसका क्या हाल है।" प्रवीण ने कहा, "ठहरो, डाक्टर को निकलने दो। घबराते क्यों हो?"

भगवती फिर कुछ न बोले। थोड़ी देर बाद डाक्टर ने बाहर आकर कहा, "बच्चा सकुशल हो गया है पर बहू अभी बेहोश है। कुछ घबराने की बात तो नहीं, पर संभाल सावधानी से होनी चाहिए, और दवा-पानी ठीक समय पर देते रहना चाहिए।" इतना कहकर डाक्टर चले गए।

प्रवीण और भगवती भीतर गए। बच्चे को दाई संभाल रही थी। प्रवीण और भगवती दोनों ही सब कुछ भूलकर क्षण-भर निर्निमेष दृष्टि से उसे देखते रहे। एकाएक प्रवीण चैतन्य होकर बहू की खाट की तरफ को फिरे। वहां सुखदा उसका सिर गोद में लिये बैठी थी। प्रवीण ने दूर से ही पूछा, "क्या एक बार भी कुछ सुध नहीं हुई?" सुखदा ने कहा, "बिलकुल अचेत पड़ी है। शायद कुछ ज्वर भी हो गया है।"

प्रवीण ने कहा, "ठीक है, तुम लोग नहा-धोकर भोजन से निबट लो, और थोड़ा सो लो, तब तक मैं यहां रहूंगा। दवा की शीशी मेरे पास रख दो।"

सुखदा ने कहा, "अम्मांजी से रसोई बनवाने को कह दो, और आप लोग तो भोजन कर लें। मैं आज रात-भर यहां रहूंगी।"

प्रवीण ने कहा, "नहीं, भोजन तुम्हीं बना लो। मैं और भगवती यहां हैं।" सुखदा को लाचार प्रवीण की बात माननी पड़ी। सुखदा ने नहा-धोकर भोजन बनाया। सबने भोजन किया। भोजन करते ही भगवती बहू के सिरहाने आ बैठा।

प्रवीण ने आकर देखा, और मुस्कराए। फिर बोले, "भगवती! तुम ज़रा सो लो। मैं तुम्हें पीछे जगा दूंगा, तब तक मैं इसकी संभाल करता हूं।" भगवती ने बहुत तर्क-कुतर्क किया, पर प्रवीण के आगे एक न चली।

भगवती सोने चला गया। सुखदा ने प्रवीण को बहुत कहा, पर वे वहीं रहे। सुखदा को भी सोने भेज दिया।

धीरे-धीरे रात गंभीर होने लगी। घर में सन्नाटा था। घड़ी की टक्-टक् की आवाज़ जोर से सुन पड़ती थी। प्रवीण पलंग से कुछ हटकर एक कुर्सी पर कुछ देर

स्तब्ध बने बैठे रहे। उनके मस्तिष्क में विचार और उद्वेग की धाराएं उठ रही थीं। वे सोच रहे थे, जिस मुख की एक झलक देखने को इतनी व्याकुलता, व्यग्रता और परेशानी होती थी, आज वह सर्वथा अरक्षित सामने पड़ा है। ऐसी दशा में क्या एक बार जी भरकर देखना अनुचित होगा? ऐसा करना अनुचित होगा या उचित, यही वे विचार कर रहे थे, पर निर्णय नहीं होता था। एक-दूसरे के विरोधी भाव उनके मन में उठ रहे थे। वह बारंबार इस बात को भी सोचते थे कि इतने हठ और तत्परता से किसलिए मैं यहां रह गया, और सबको सुला दिया? पर इसका कोई कारण वे समझ न सके थे। क्या उनके मन में प्रथम ही से एकांत में बहू का मुख देने की वह आसुरी इच्छा थी? या इस समय अवसर और घटनाक्रम से वह लालसा उत्पन्न हुई है? विचारते-विचारते वे कुर्सी पर बैठे न रह सके। हड़बड़ा कर उठ बैठे। पर वे उठकर सीधे पलंग के पास न जा सके। वे एक खिड़की के पास खड़े होकर आकाश के क्षीण चंद्रमा को देखते हुए बारंबार अपने मन को शांत और दमित करने की चेष्टा करने लगे।

पर-स्त्री की ऐसी विवश अवस्था में लज्जा अपहरण करना कैसा निन्द्य और नीच काम है, यह बात क्या प्रवीण समझ नहीं सकते थे? पर वे जितना ही इस इच्छा को रोकते थे, उतना ही वह मानो उनकी छाती को फाड़कर बाहर निकलती थी। वे कुछ निर्णय तो कर न सके, पर देर तक चंद्रमा का भी निरीक्षण न कर सके। खिड़की से पास से ऊब कर वे पीछे फिरे, पर वे कुर्सी की तरफ न जा सके, किसी शक्ति ने उन्हें पलंग के पास ला खड़ा किया।

उन्होंने कुछ भुन भुनाते हुए आप-ही-आप कहा, "क्या देख लूं? एक बार देख लेने में क्या हानि है?" इतना मुख से निकलते ही वे भयभीत होकर चारों तरफ देखने लगे। उन्हें ऐसा बोध हुआ कि कमरे की मेज़-कुर्सियों ने, तस्वीरों ने, पानी की सुराई ने उनकी बात सुन ली है, और वे सब वस्तुएं मानो एकटक उन्हीं की ओर देख रही हैं। धीरे-धीरे प्रवीण के नेत्रों में उन्माद के से चिह्न उत्पन्न होने लगे। उनके शरीर में गर्मी की मात्रा बढ़ गई। उन्होंने एक बार पागल की तरह प्रत्येक तस्वीर,

मेज़-कुर्सी और सामान को देखा। फिर दौड़कर दरवाजा अच्छी तरह बंद कर आए, और फिर पलंग के पास खड़े हो गए।

यह काम जैसे किसी जादू के बल पर उन्होंने किया हो। एकाएक उनके मन में विचार आया, "तब क्या मैं उस काम की तैयारी कर चुका? क्या अब उस मुख को देख लूं।"

यह विचार आते ही उनके शरीर से पसीना टपकने लगा। नेत्रों में वही उन्माद था, शरीर में कंप हो रहा था। फिर भी उन्हें बहू का घूंघट उठाने का साहस नहीं हुआ। वे बड़ी देर तक अचल पत्थर की मूर्ति की तरह वहीं खड़े रहे।

उन्होंने फिर आप-ही-आप कहा, "निस्संदेह मैंने इसीलिए हठ करके यह अवसर पाया है। एक बार देख लेने में क्या है? इसमें डरने की बात भी क्या है?" वे पलंग पर झुके, कांपते हाथों से उन्होंने बहू के मुख का वस्त्र धीरे-धीरे ऊपर को उठाया, पर वे देख न सके। जैसे एकाएक सूर्य को कोई नहीं देख सकता। उन्होंने तत्काल मुंह फेर लिया, और वस्त्र छोड़ दिया।

मुख ढक जाने पर चौंक पड़े। यह क्या मूर्खता थी? अब उन्होंने साहस करके फिर वस्त्र उठाया। पीला स्वर्ण के समान वह मुख चुपचाप श्वास ले रहा था। नेत्र आधे बंद थे। ऐसा मालूम होता था, मानो बहू अत्यंत अलकसाए, मद-भरे नेत्रों से उन्हें देख रही है। प्रवीण घुटने धरती पर टेककर वहीं बैठ गए, और अब उन्होंने छककर उस मुख को अच्छी तरह देखने का दृढ़ निश्चय कर लिया।

कितनी देर वे निर्निमेष दृष्टि से उस दृश्य को देखते रहे, इसका कुछ पता नहीं, परंतु देखते-देखते उनके मन में आसुरी भावों का उदय होने लगा। बहुत रोकने पर भी उनकी दृष्टि श्वास के साथ धौंकनी की तरह ऊपर-नीचे उठते हुए बहू के पीन स्तनों पर रपटने लगी। उधर न देखने की वे जितनी ही इच्छा करते, उतना ही उधर देखते थे। क्षण-क्षण में उनकी इच्छा मुंह ढक देने की होती थी, पर मुख को ढक नहीं सकते थे। कहते लज्जा और ग्लानि आती है; वह विवेकी और सहृदय पुरुष अंत में वह कुत्सित कर्म करने को भी उद्यत हो गया। उसने कांपते हाथों से बहू की जाकिट के बटन खोल डाले।

मूर्च्छिता कुल वधू का अत्यंत गोपनीय वह अंग धीरे-धीरे वस्त्र से बाहर होने लगा, और प्रवीण कायर और उन्मत्त की तरह व्याकुल दृष्टि से उसे मन भर देखने की हवस पूरी करने लगे। स्वच्छ संगमरमर-सी छाती पर सेव के समान दोनों स्तन नग्न पड़े थे। सराही-सी श्वेत गर्दन पर वह स्वर्ण-कमल के समान मुख मूर्छित उघड़ा पड़ा था, और प्रवीण कभी यह, कभी वह अत्यंत घबराहट से देख रहे थे। कितनी बार उनकी इच्छा वधू के उस गोपनीय यौवन को स्पर्श करने की हुई। उन्होंने हाथ बढ़ाए भी, पर छू न सके। किसी अज्ञात शक्ति ने धक्का मारकर उन्हें रोक लिया। उस रात्रि के सन्नाटे ने मूर्तिमान होकर उन्हें धिक्कारा। उन्हें अपने ही श्वास से धिक्कार की ध्वनि निकलती सुनाई दी। उन्होंने वस्त्र से बहू का अंग ढक दिया, और धरती पर गिरकर दोनों हाथों से मुंह ढांपकर रोने लगे।

बहुत रोए, बहुत रोए, रोकर वह वहीं धरती पर बैठे रहे। टन्-टन् करके घड़ी ने दो बजाए। दवा का समय देख वे उठे। गिलास में दवा डाल उन्होंने उसे बहू के मुख में डाल दिया। उस समय उन अरुण अधरों को उनकी उंगली का स्पर्श हो गया। उस उंगली को उन्होंने इस तरह चमक कर खींच लिया, जैसे बिच्छू ने काट लिया हो। दवा कंठ से उतरते ही बहू ने आंखें खोल दीं। एक बार चारों तरफ घूमकर उसकी दृष्टि प्रवीण पर पड़ी। उन्हें देखते ही उसने सिर का वस्त्र संभालने को हाथ उठाया। यह देख प्रवीण ने वस्त्र से उसका सिर ढक दिया, और मधुर स्वर से कहा, "बहू! भगवती के लिए तुमने कैसा सुंदर खिलौना बनाया है! देखोगी?" एक अनिर्वचनीय लज्जा आंखों में और एक मधुर मुस्कराहट बहू के होठों पर छा गई। इस बार उसने खुले मुख पर उसी लाज और हास्य को लिये आंख भरकर क्षण-भर के लिए प्रवीण की ओर देखा। प्रवीण ने पलंग पर झुककर बहू की बगल में सोते हुए बालक का मुख उघाड़ दिया। बहू उस मुख को आंख भरकर ने देख सकी। उसने धीरे-धीरे आंखें बंद कर लीं। प्रवीण ने बहू से धीरे से कहा, "बहू! तुमने अपने ही समान इसे भी सुंदर बनाया है। ईश्वर करे, तुम और तुम्हारा यह खिलौना चिरंजीव हो। पर कभी-कभी इससे मुझे भी खेलने दिया करोगी?" प्रवीण की दृष्टि में कितने प्रश्न थे! पर यह बात सुनकर बहू ने प्रवीण की ओर फिर एक बार देखा, तो उस दृष्टि में मानो प्रसाद और वरदान बरस रहे थे। क्षण ही भर में अत्यंत लजा कर धीमे स्वर से बहू ने

कहा, "वे क्या सोते हैं? ज़रा बुला दीजिए।" प्रवीण ने धीरे-धीरे पलंग पर झुककर बच्चे को चूमा, और एक दृष्टि बहू पर फेंकी, फिर घड़ी की ओर देख वे कमरे से बाहर निकल आए।

भगवती को बहू के कमरे में भेजकर वे विश्राम करने के बहाने सीधे अपने घर आ गए। भगवती ने पुत्र और स्त्री को उस सुख घड़ी में देखकर क्या किया, यह लिखना हमारा विषय नहीं है। हां, प्रवीण उस रात-भर अपने सुने घर में धरती पर पड़े रोते रहे।

तेरह

बहू के चेहरे पर अभी लाली नहीं आई थी। पर वह पीलापन भी एक शोभा की वस्तु थी। वह अकेली बैठी पालने में सोते हुए बच्चे के निर्दोष चेहरे को एकटक देख रही थी। सोते बच्चे के होंठ फड़क उठते थे। कभी उन पर मुस्कान भी आ जाती थी। उसके साथ-ही-साथ बहू के होंठ भी फड़क और मुस्करा रहे थे, मानो दोनों के हृदयों में कोई बिजली का तार लग रहा था, और एक ही बैटरी से दोनों संचालित हो रहे थे।

बच्चे को देखते-देखते उसका ध्यान एकाएक उस रात की घटना पर गया। उसने सोचा, सबने उन्हें अकेले मेरे पास छोड़ दिया! किसी को लाज न लगी? उन्होंने बच्चे को और मुझे एक-सा ही सुंदर बताया। क्या मैं भी ऐसी ही सुंदर हूं? इतना विचार कर वह फिर बच्चे का मुंह देखने लगी। अबकी बार उसकी विचारधारा फिरी। वह सोचने लगी, वे स्वयं भी क्या कुछ कम सुंदर है! बच्चा मानो हूबहू उन्हीं की तस्वीर हो। यह सोचते-सोचते वह घबरा उठी। उसने मन में कहा, "राम-राम! मैं क्या निकम्मी बात सोचने लगी!" इतना होने पर भी उसकी विचारधारा टूटी नहीं, वह प्रवीण के मुख की बात ही सोचती रही। उनके उस प्रश्न को उसने बार-बार दुहराया। अनेक बार गुनगुनाया। उन्होंने कहा था, "कभी-कभी क्या इस खिलौने से मुझे भी खेलने दोगी?" अंत में उसने ज़रा ज़ोर से कहा, "तुम्हीं इस खिलौने को ले जाना! तुम्हारा ही यह खिलौना है!" इतना कहकर उसने घबराकर चारों तरफ देखा। "हाय! क्या मुंह से निकल गया!" इसके बाद बच्चे का मुख चूमकर कहा, "मेरे बिटुआ को सब चाहते हैं!" उसके होंठ फूल रहे थे।

एकाएक उसके मन में आया कि उसके पुत्र पर पति की तो कुछ छाया ही नहीं है। अब वह भगवती और प्रवीण के विषय में सोचने लगी। धीरे-धीरे उसका वाक्य-

ज्ञान लुप्त हो गया। उसने पति और प्रवीण दोनों की मूर्ति बनाकर सामने रखी। वह एक नज़र उसे और एक नज़र इसे देखने लगी। प्रथम उसकी दृष्टि प्रवीण की मूर्ति पर पड़ी। वह छिपी नज़र, मुस्कराहट, सुंदर मुख और चाह-भरी आंखें देखकर बहू लालच में आ गई। इसके बाद धीरे-धीरे उस मूर्ति पर काला रंग चढ़कर वह ज़रा मोटी हो गई। बहू ने देखा, वह उसके स्वामी का मुख है। पहली तस्वीर को देखकर उसके मन में उमंग आई थी, हवस पैदा हुई थी, वह विलीन हो गई। वह अनमनी-सी हो स्वामी के कुरूप मुख को देखने लगी। धीरे-धीरे उसकी दृष्टि गंभीर हुई। उस मूर्ति की आंखों में उसकी आंखें गड़ गईं। उन आंखों से एक विद्युत-धारा बहकर इन आंखों में घुसने लगी। वहां से दृष्टि दौड़कर होठों पर आई। वे सुंदर न थे, पर प्रेम से फूल रहे थे। उन्हें देखते ही अनेक उन्माद, सुखकर स्मृतियों का उदय हुआ। उन स्मृतियों के गहरे रंग में, स्वामी की कुरूपता छिप गई। वह उसी स्मृति के नशे के झोंक में मदमाती-सी झूमने लगी। फिर उसके मन में उमंग आई, मुख पर मुस्कराहट आई और आंखों में रस आया। तब उसे प्रतीत हुआ, स्वामी से बढ़कर वह किसी को प्यार नहीं करती है। इसके बाद वह उठकर कमरे में चली गई। दीवार पर स्वामी की तस्वीर लगी थी। पर उस तस्वीर में प्रवीण की भी तस्वीर थी। उस समय उसकी इच्छा नहीं थी कि वह स्वामी को छोड़कर किसी और की ओर देखे। पर दृष्टि फिर हटने लगी। ऐसा होता ही है। जो विषय ध्यान से देखने के हैं, जब इंद्रियों से देखे जाते हैं, तब मन विचल ही जाता है। इसीलिए योगियों को एकांतवास की बात कही गई है। ज्योंही बहू की चेतना-शक्ति बाहरी आंखों में आई, वह अंतर्जगत् छिन्न-भिन्न हो गया। वह एक-दो बार इधर-उधर करके प्रवीण के चेहरे को मन लगाकर देखने लगी, किंतु कुछ ही क्षण में वह चौंक उठी। उसे अपने विचार का ख्याल आया। वह अपने विचार के हठ पर जम गई। उसने बलपूर्वक प्रवीण को देखना बंद कर दिया। उसने जिद में आकर, तस्वीर को उतारकर छाती में ज़ोर से छिपा लिया। हृदय के गहरे पर्दे से किसी ने कहा, "अरी बावली! अरी अबोध! यह क्या करती है? तेरे पति के साथ इसमें एक और आदमी भी है।" पर दूसरी ओर से किसी ने कहा, "रहने दो। वह भी क्या बुरा है! जाने दो। वह क्या गैर है!" उसकी

सारी नसें झनझना उठीं। वह उस चित्र को वहीं छाती में छिपाए पलंग पर पड़ रही, और थोड़ी ही देर में सो गई। चित्र छाती में चिपक रहा था।

भगवती ने घर में लौटकर, कमरे में झांक कर देखा, सन्नाटा था। फिर धीरे-धीरे भीतर आकर देखा, बहू सो रही है। इसके बाद उसने चुपके-चुपके घूंघट उठाया। चांद-सा मुखड़ा दमक रहा था। मालूम होता है, वह कोई सुख-स्वप्न देख रही है। भगवती ने लालच में आकर एक बार उसका मुख चूमने का इरादा किया, पर विचार पलट गया। उसने मुंह चूमने के बजाय बहू की चोटी दरी से बांध दी। इसके बाद वह थोड़ी देर खड़ा रहा। देर तक खड़ा न रहा गया। लालच ने उसे धर दबाया। वह धीरे से पलंग पर जाकर स्त्री की बगल में सो गया। तुरंत ही उस अगम्य सुख की कोमल कल्पना में एक कांटा चुभ गया। उसने देखा, उस गर्म, कोमल आलिंगन में कुछ कड़ी चीज़ है। वह था तस्वीर का चौखटा। उसे अपना चित्र तो दीख न पड़ा। उसने हैरान होकर कहा, "हैं! प्रवीण का चित्र! इसे किसलिए छाती से लगाए सोती है?" क्षण-भर में सब किरकिरा हो गया। वह पलंग से उतरकर इधर-उधर टहलने लगा। तरह-तरह की विचारधारा मन में तूफान मचाने लगी। रात-भर उसे नींद नहीं आई। बहू घोर नींद में सुख से सो रही थी।

चौदह

यह बन्धुत्व का प्राबल्य और भोलेपन का तकाजा था कि भगवती प्रवीण की कुचेष्टाएं देखकर भी ऐसे प्रेम और आदर का व्यवहार उससे करता था। भगवती बड़े ही सरल हृदय का पुरुष था। उस रात वह यह तो समझ ही न सका कि वह तस्वीर मेरी थी। उसे यही धुन बंध गई कि प्रवीण की तस्वीर को छाती से लगाए वह क्यों पड़ी थी? यह क्षोभ असंतोष से आरंभ होकर संदेह तक पहुंच गया। अब जो विचारों का तांता बंधा, तो भगवती का सिर घूमने लगा। वह क्यों रोज़-रोज़ यहां आता है? अपने घर वह उदास रहता है, यहां सदा हंसता आता है। इसका क्या कारण है? वह कई बार बहू को घूर-घूर कर देखा करता है, इसका क्या कारण? बहू ही क्यों उससे ठिठोली किया करती है? उस रात हठ करके वह क्यों बहू के पास रहा? मैं भी कैसा गधा हूं! मैंने ही ऐसा क्यों करने दिया? मित्र हो या संबंधी, घर में किसी की भी ऐसी घनिष्ठता कुछ अच्छी बात है?

फिर भगवती उस चित्र वाली बात पर विचार करने लगा। तब क्या उसने बहू को अपने माया-जाल में फंसा लिया है? क्या वह मेरी स्त्री को छीनना चाहता है? इस बात को सोचते-सोचते भगवती बहुत ही परेशान हो गया। क्षण ही भर में उसके मन से बचपन से अब तक का सारा स्नेह फक से उड़ गया। उसके मन में केवल तस्वीर की बात रम रही थी। उसे बहू पर घोर संदेह हो रहा था। उस दिन भगवती ने स्नान भी न किया। वह चुपचाप बैठा इसी दुःखदायी विषय का चिंतन करने लगा।

प्रवीण भी आ गए। उन्होंने भगवती को इस तरह बैठा देखकर कहा, “मैंने समझा था, तुम अभी सोते ही होगे। ईश्वर का धन्यवाद है, बैठे हो।”

भगवती ने प्रवीण का आज कुछ आगत-स्वागत न किया, वह वैसे ही बैठा रहा। प्रवीण भीतर आंगन में वृद्धा के पास जाकर बोले, "आज नवाब साहब क्यों फूले बैठे हैं?"

बुढ़िया ने एक बार बेटे की तरफ देखकर कहा, "सोकर उठा है। सुस्ती छा रही है।"

प्रवीण ने पुकार कर कहा, "श्रीमान, उठकर स्नान कर लें। दिन तो बहुत देर का निकल आया है। मैं तो कुछ जलपान के इरादे से आया था।"

बुढ़िया हंस पड़ी। भगवती ने सोचा-"कैसी बात है? यहां आकर यह बिना हंसी बात ही नहीं करता! अपने सारे दुःख भूल जाता। है। इसका क्या कारण समझना चाहिए?"

बुढ़िया ने भगवती से कहा, "जा रे! नहा-धोकर निपट ले।" और बह को थोड़ा हलुआ बनाने का आदेश दिया। प्रवीण ने रोककर कहा, "यह लो। हंसी की बात को सच समझ गईं। हलुए-वलुए की कुछ जरूरत नहीं है।" बहू अपने पायजेबों की झनकार से मधुरता बिखेरती हुई, केसर-रंगी साड़ी पहने, बच्चे को गोद में लेकर सीधी प्रवीण के पास आई, और बच्चा उनकी गोद में डाल दिया। भगवती ने यह देखा। उसने यह भी देखा कि जब बहू झुककर बच्चा उनकी गोद में डाल रही थी, तब प्रवीण मुख ऊंचा कर और मुस्कराकर, उसके मुख को ताक कर कुछ बोले थे। बहू उस बात को सुनकर हंसती हुई रसोई में घुस गई। यह दूर से ही देखकर भगवती जल गया, पर कुछ बोला नहीं। प्रवीण बच्चे को खिलाने लगे। बुढ़िया का दुबारा आदेश पाकर भगवती स्नान करने उठ गया।

जलपान की उसे इच्छा न थी। इतने ही समय में प्रवीण के प्रति उसका विराग इतना बढ़ गया था कि वह उनसे स्पष्ट कह देना चाहता था कि तुम इस तरह घर में मत घुस आया करो। पर इस तरह उससे कहा न गया। वह चुपचाप बेमन से हलुवा खाने लगा। बहू दुबारा परस ने लाई। प्रवीण और लेने से इनकार करने लगे। बहू ने

और लेने को आग्रह किया। बुढ़िया ने भी आग्रह किया। भगवती यह न देख सका, उसने माथा सिकोड़ कर कहा, "इतना हठ क्यों करती हो? जब वे नहीं लेते, तो इतना तंग करने से क्या फायदा? थोड़े अदब-कायदे से रहना सीखो। मर्दों से मर्दों की तरह रहो।"

बहू पर वज्र पड़ा। वह चुपचाप खिसक गई। प्रवीण के भी कान खड़े हो गए। उन्होंने देखा, आज भगवती का कुछ रंग ही निराला है। बहू ने रसोई के झरोखे से झांक कर देखा, पति देवता में आज मित्रता का रस नहीं है। प्रवीण अपना जलपान समाप्त कर वृद्धा से गप-शप करने लगे। बीच-बीच में वे बहू को ताक-झांक लेते थे। आज मानो भगवती के हज़ार आंखें हो गई थीं। जो भाव पहले मूसल के समान स्थूल होने पर भी वह कभी नहीं देखता था, आज उसी बात की तीली-तीली को वह ताक रहा था। आखिर भगवती से न रहा गया, उसने कहा, "भैया! तुम्हारा जी जितना स्त्रियों से बातचीत में लगता है, उतना यदि काम-काज में लगे, तो तुम्हारे रोज़गार-धंधे की जो दुर्दशा हो रही है, वह न हो।"

प्रवीण को यह बात बुरी लगी। उन्होंने कहा, "आज तो भगवती को मेरे धंधे की बड़ी फिकर लग रही है।"

भगवती ने और भी दृढ़ स्वर में कहा, "पर यह फिकर तुम्हें लगनी चाहिए।" प्रवीण मन-ही-मन में अपमान पी गए। वे चुपचाप बच्चे को खिलाने लगे। भगवती ने अनेक चेष्टाओं से यह प्रकट कर दिया कि उसे उनका घर में इस तरह घुस-बैठना कतई पसंद नहीं है, पर प्रवीण मानो गूंगे-बहरे हो रहे थे। अंत में भगवती कपड़े पहन बाहर जाने को तैयार हुआ। प्रवीण ने कहा, "कहां चले?"

भगवती ने रूखे स्वर में कहा, "तो क्या मैं दिन-भर घर में घुसा पड़ा रहूं? मर्द को बीस काम होते हैं।"

प्रवीण ने कहा, "आज तो तुम बड़े कामकाजी हो गए हो। कितनी देर में लौटोगे?"

भगवती ने क्रोधयुक्त स्वर में कहा, "तो तब तक क्या तुम यहीं बैठे रहोगे?"

प्रवीण ने धीरे से बच्चे को वृद्धा की गोद में दे दिया। अपमान-भरा लहू का घूंट अब असह्य हुआ। उन्होंने कहा, "नहीं, मैं भी जाता हूं।" इतना कहकर और बिना वृद्धा को प्रणाम किए ही वे भगवती से भी आगे तीर की तरह निकल गए।

कुछ देर भगवती द्वार पर खड़ा उन्हें देखता रहा। एक बार उसने अपनी स्त्री की तरफ भी तेज नजर से देखा और तब वह भी चल दिया।

पंद्रह

भगवती बहुत रात गए वापस आया। बुढ़िया को उसकी नाराजी का उतना भान नहीं था, पर बहू इस बात को भांप गई थी। वह मन-ही-मन कुछ डर भी रही थी। सोने का समय होने पर जब वृद्धा ने कहा था, "जाकर सो रह", तब भी वह उठी नहीं। उसने कहा, "अभी तो वे आए भी नहीं हैं।" बुढ़िया ने कहा, "इतनी देर तक कहां रहा?"

वह कुछ न बोली। उसका कलेजा धड़कने लगा। वह सोच रही थी, "भगवान्! आज क्या होगा?"

जब भगवती वापस आया, तो बहू ऊपर चली गई। भगवती ने एक बार मां से सब साफ-साफ कह देना चाहा। वह मां के पास आ बैठा। बढ़िया ने बड़े प्यार से उसे गाली देकर कहा, "ऐ तेरी मैया मर जाए! तू गया कहां था?"

भगवती हंसा नहीं, न कुछ जवाब दिया। वह चुपचाप बैठा यही सोच रहा था कि किस तरह अपनी बात मां से कहूं, पर कोई रास्ता नहीं दीख पड़ा।

बुढ़िया का उधर कुछ भी लक्ष्य न था। उसने कहा, "भगवती! तू मुझे गंगा नहाने ही भेज दे। गोविंदा की मां और रामचरण की मौसी, सब जा रही हैं।" भगवती ने उदासीनता से कहा, "इच्छा हो, तो जाओ।" बुढ़िया ने इसे भी लक्ष्य न किया। उसने कुछ कौतुक से कहा, "पर तुझे पेट भरके रोटी भी मिल जाएगी? तुझे खुशामद कराने की आदत पड़ गई है, और वह ऐसी लजीली है कि किसी से पूछती ही नहीं।" एकाएक भगवती सोचने लगा, मां को जाने दो, तब मैं प्रवीण और बहू को समझ लूंगा। उसने कुछ तत्परता से कहा, "मां! मेरी क्या फिकर है! तुम्हारी इच्छा है, तो नहा आओ। आठ दिन से ज्यादा न लगाना।"

बुढ़िया बड़ी प्रसन्न हुई। भगवती अपनी बात फिर भी न कह सका। बुढ़िया ने कहा, "अच्छा, अब जाकर सो रहो। बहू वहां अकेली बैठी है।"

भगवती उठकर ऊपर चला। बहू उठकर उसे देखने लगी। भगवती उससे कुछ न बोलकर कपड़े उतार पलंग पर पड़ रहा। धीरे-धीरे बहू ने आगे बढ़कर धीमे स्वर से पूछा, "क्यों, तबीयत तो अच्छी है?"

भगवती न बोला। बहू ने फिर सवाल किया, "क्या पानी लाऊं?"

भगवती ने रूखे स्वर से कहा, "मुझे कुछ नहीं चाहिए।"

बहू चुप रही। भगवती उधर से मुंह फेरकर सो रहा। बहू ने डरते-डरते पलंग पर बैठकर उसका पैर दबाना शुरू किया। भगवती ने झिड़क कर कहा, "जाओ, जाकर सो रहो!"

बहू सहम गई। उसने थोड़ा सहम कर कहा, "मुझसे क्यों नाराज़ हो? मैंने क्या किया है?"

भगवती ने गर्दन तकिये पर से उठाकर, बहू को क्रोध की दृष्टि से देखकर कहा, "तुम अपना कसूर पूछती हो?"

बहू एकटक स्वामी की ओर देखती रही। देखते-ही-देखते उसकी आंखों में आंसू भर आए।

भगवती कुछ देर तक उसे घूर कर रूखे स्वर से बोला, "तुम अपने बाप के घर चली जाओ।"

बहू पर वज्र पड़ा। उसने अधरोनी होकर कहा, "क्यों?"

भगवती ने गर्म होकर कहा, "मेरी इच्छा!" इसके बाद वह तकिये पर झुककर और करवट बदलकर सो रहा।

बहू चुपचाप रोने लगी।

थोड़ी देर में भगवती ने करारे स्वर में कहा, "तुम्हारी हया-शर्म सब उड़ गई है! पराये मर्दों के सामने फिरते रहना, हंसी करना और कहने की भी परवा न करना!"

बहू धरती में गड़ गई। उसके शरीर से पसीना बह उठा, और सिर में चक्कर आने लगा। उसने सूखे कंठ से कहा, “मैं किससे हंसी करती हूं?”

भगवती ने गर्दन उठाकर कहा, “प्रवीण से! प्रवीण तुम्हारा लगता क्या है?”

बहू ने कांपते हुए कहा, “वे घर में चले आते हैं। मैं क्या करूं?”

भगवती ने दांत मिसमिसा कर बोला, “और वह तुम्हें घर-घूर कर क्यों देखा करता है?”

वह घबरा गई। उसने रोकर कहा, “मैं क्या जानूं?”

भगवती फिर बोला, “और तुम उसकी इतनी लल्लो-चप्पों क्यों करती हो?”

बहू ने कांपते स्वर में कहा, “सभी उनकी खातिर करते हैं। सबके डर से मैं भी करती हूं। अम्मांजी की नाराजी का कितना डर है!”

भगवती उठकर बैठ गया। बैठकर बोला, “और अम्मांजी की नाराजी के ही डर से उस दिन उसका फोटो छाती से लगाकर सोई होगी? क्यों?” इतना कहकर उसने दांत मिसमिसा कर उस पर घूंसा ताना। वह बेंत की तरह कांपने लगी। उसकी जीभ तालू से सट गई। भगवती ने फट कार कर कहा, “बोलती क्यों नहीं?”

बहू ने सिसकते-सिसकते कहा, “वह तो तुम्हारी तस्वीर थी।”

भगवती अग्निमय नेत्रों से थोड़ी देर उसकी तरफ देखता रहा। पीछे वह फिर लेट गया। बहू बैठी रोती रही।

थोड़ी देर बाद उसने उधर करवट लेकर कहा, “जो अब मैंने तुम्हें कभी उसके सामने आते और निर्लज्जता से फिरते देख लिया, तो कुट्टी काटकर फेंक दूंगा। इस बात को गांठ बांध लेना।”

बहू नीचा सिर किए रोती रही। भगवती उधर ध्यान न देकर मुंह फेर सो गया। बहू उस रात जब तक जागती रही, रोती रही; और रोते-रोते धरती पर सो गई। लैंप न जाने कब तेल चुक जाने पर बुझा।

प्रातःकाल वह बड़े सवेरे उठकर घर के धंधे से लगी। स्वामी की नज़र से बचने का ही उसका उद्देश्य था। बुढ़िया ने जब यह कहा कि वह गंगा यात्रा को जा रही है, तब बहू ने भी साथ चलने को बहुत कुछ कहा-सुना, पर बुढ़िया ने अपनी जवानी की दो-एक घटनाएं सुनाकर समझा दिया कि उसका प्रस्ताव असंगत है।

दोपहर तक बहू को बुढ़िया के धंधे से फुर्सत नहीं मिली। जब बुढ़िया चली गई, तब वह घर में अकेली रह गई। सवेरे ही से भगवती से उसका साक्षात् नहीं हुआ था। वह प्रवीण के आने से डर रही थी कि यदि अब वे आ गए, तो बड़ा गजब होगा। वे बात करेंगे, तो बिना बोले कैसे बनेगा?

बहुत सोच-विचार कर उसने एक चिट्ठी प्रवीण को लिखी। उसका मन बड़ी दुविधा में था, पर लाचार उसने उन्हें लिखना ही ठीक समझा। अब वह चिट्ठी उन तक पहुंचे किस तरह? वह सोचने लगी। उस दिन दिन बीत गया, कोई न आया। भगवती दोपहर को भोजन करके चला गया था। रात को भी जब वह खाकर चलने लगा, तब बहू ने पांव पकड़कर कहा, "मुझे अकेले डर लगता है। अब कहीं मत जाओ!" पर भगवती ने सुना नहीं। कुछ बोला भी नहीं। बाहर चला गया।

सोलह

पतन का मार्ग इतना सरल है कि उस पर एक बार फिसलने से फिर रुकना कठिन हो जाता है। दुर्भाग्य से प्रवीण भी उसी मार्ग पर आ गए थे। वे प्रत्येक पाप, प्रत्येक कुचेष्टा को अच्छी तरह समझते थे, पर मन उनके वश में न था। फिर भी उनकी इंद्रियां पूर्ण निर्दोष थीं, पर यह भी उनके मन की कमजोरी थी। वास्तव में उनके मन में इतना साहस नहीं था कि वे पाप में अग्रसर हों।

अपमान और घृणा, ये दो बातें बहुत कुछ अभ्यास से सही जाती हैं, और अनुताप भी बार-बार प्रयोग में आने से प्रभावहीन हो जाता है। इतनी लांछना भगवती से पाने पर, जो उनके मन में एक क्षण के लिए अनुताप हुआ था, वह शीघ्र ही विलीन हो गया, और न मालूम किस आसुरी प्रवृत्ति ने उनके मन में निर्लज्ज साहस ला दिया।

वे सोचने लगे, मित्रता की ऐसी-तैसी! भगवती ने क्या उसे बनाया है? मैं उसे देखने तक का अनुताप करूं? मैं अस्पृश्य, घृणित जीव हूं, जो मेरे देखने से ही वह मैली हो जाएगी? छिः! मूर्ख भगवती को मेरा अपमान करने का इतना साहस? मैं क्या उसका पालतू कुत्ता हूं, जो दुम दबाता हुआ उसके पीछे-पीछे फिरा करूंगा?

यदि बहू मुझे चाहती है, तो मैं उस कुपात्र से उसे अवश्य छीन लूंगा। इस समय वे विवेक को लात मार चुके थे। वे अब इस बात पर विचारने लगे कि बहू मुझे चाहती है या नहीं? इस बात के मन में उठते ही प्रथम तो उन्हें इस बात का ख्याल आया कि भगवती की अपेक्षा मैं रूप, गुण और रसिकता में बढ़कर हूं। इसके बाद वे बहू की चेष्टाओं के विषय में ध्यान से सोचने लगे, और उन्हें शीघ्र ही इस बात पर विश्वास भी हो गया कि बहू उन्हें चाहती अवश्य है।

अब उनके सामने एक ही काम रह गया था। वह यह कि बहू से पूछ लें कि वह उन्हें चाहती है या नहीं? यदि उसकी सहमति हो तो मित्रता भाड़ में जाए! धर्म, नीति, जाति-गौरव धूल में मिलें! वे बहू को लेकर रहेंगे। कुछ न सोचेंगे, कुछ न देखेंगे। संसार में अनेक वस्तुएं अवश्य हैं, पर जो जिसके सामने आ जाए, वही उसकी है। उपस्थित को छोड़कर और कहां ढूंढ़ने जाएं! देखता हूं, अभागे भगवती का घमंड कितना है! इसके बाद बहू का रूप भी कहीं लीन हो गया, और केवल प्रतिहिंसा का भयानक ज्वर उनके हृदय में उमड़ने लगा।

अब वे बहू से मिलने का सुयोग ढूंढ़ने लगे। शीघ्र ही वह मिल भी गया। अगले दिन मित्र-मंडली से भोजन का निमंत्रण आया। प्रवीण ने आदमी से पूछा, "क्या भगवती का निमंत्रण नहीं है?"

आदमी ने कहा, "मैं उन्हें पत्र दे आया हूं। आप उन्हें साथ लेकर आएं।"

प्रवीण सोचने लगे, इस पाजी को वहां अटका कर कल ही बहू से साक्षात्कार करूंगा। बुढ़िया को झांसा देने की युक्ति वे अब सोचने लगे।

अगले दिन संध्या होने से प्रथम ही वे भगवती के घर की तरफ चले। 'अर्थी दोष न पश्यंति'–घमंडी प्रवीण अपनी सारी अकड़ भूल गए। कल जिसने उन्हें ऐसा अपमानित किया, जिसके लिए उनके मन में प्रतिहिंसा उदय हुई है, उसी के घर वे सचमुच दुम हिलाते पहुंच गए।

घर के भीतर जाकर देखा, सन्नाटा है। पुकारा, "भगवती!"

भगवती ऊपर बैठा था। बहू भी पास ही खड़ी थी। उसने एक बार तीव्र दृष्टि से बहू की तरफ देखकर कहा, "आ गया कुत्ता! न रहा गया?"

बहू ने क्रोध से कहा, "उन्हें साफ क्यों नहीं मना कर देते यहां आने के लिए?"

भगवती बाहर आया।

प्रवीण ने कहा, "भगवती, घर में आने के लिए क्षमा करना। मैं तुम्हें निमंत्रण में ले चलने के लिए आया हूं।"

भगवती ने रूखे स्वर से कहा, "पर मैं तो न जा सकूँगा।"

"क्यों?"

"घर में कोई नहीं है। यह अकेली है।"

"मां कहां गई?"

"कल गंगा-स्नान करने गई हैं।"

प्रवीण चुप हो गए। एकाएक आसुरी प्रसन्नता उनके मुख पर आ गई। वे उसे छिपाकर बोले, "किंतु निमंत्रण स्वीकार करके न जाना ठीक नहीं है।"

भगवती ने कहा, "खैर, तो मैं इसके लिए उनसे क्षमा मांग लूंगा।"

प्रवीण उदास हुए। भगवती की ऐसी उपेक्षा वे न सह सके। जिससे बचपन में घनिष्ठ संबंध रहा, जो एक प्राण दो देह थे, वही आज उनकी ऐसी अवहेलना कर रहा है!

उन्होंने ठंडी सांस भरकर कहा, "तब मैं भी वापस जाता हूं। मैं भी जाकर क्या करूंगा!" इतना कहकर वे नीचे नज़र किए वहां से चल दिए।

सरल हृदय भगवती यह देख न सका। उसने खिड़की से झांक कर देखा, प्रवीण नीची नज़र किए घर को लोट रहे हैं। उसने बहू से पूछा, "क्या चला जाऊं?"

बहू ने कहा, "चले जाओ, मुझे क्या डर है।"

भगवती ने पुकार कार कहा, "ठहरो, मैं चलता हूं!"

प्रवीण ने चौंक कर पीछे फिरकर देखा और कहा, "क्या मुझे पुकारा?"

भगवती ने नीचे उतरते-उतरते कहा, "हां।"

प्रवीण ने देखा, सचमुच भगवती उनका सम्मान नहीं करता। उसने आज उन्हें भैया कहकर नहीं पुकारा। इसी बात पर प्रवीण का शोक तो उड़ गया, और क्रोध छा गया। उन्होंने मन में कहा, "मुझे किसी के सम्मान की जरूरत ही क्या है?" उन्होंने भगवती से कहा, "इच्छा नहीं थी, तो क्यों चले आए?"

भगवती ने ठंडे स्वर में कहा, "वला आया। जल्दी वापस लौट आऊंगा।"

मित्र-मंडली में प्रवीण पूर्ण रसिक प्रसिद्ध थे। मित्र लोग उन्हें घेरकर तंग करने लगे। कोई कहानी, कोई गल्प, कोई कविता सुनने को धन्ना दे बैठे, पर प्रवीण आज दुर्भावना के आवेश में थे। उन्होंने निश्चय कर लिया था कि भगवती को वहां अटका कर बहू से मुलाकात करूंगा।

भोजन का समय निकट देखकर उन्होंने कुछ घबराहट के ढंग से कहा, "आप लोग क्षमा करें। मुझे एक जरूरी काम याद आ गया है। जाने को मजबूर हूं। मेरा भाग भी भगवती को खिला देना।"

प्रवीण चल दिए। भगवती को यह अच्छा नहीं लगा। वह अनमना-सा देखता रहा।

सत्रह

बच्चा पड़ा सो रहा था। बहू टेबल लैंप जलाकर और टेबल पर झुककर उसी लैंप को स्थिर दृष्टि से देख रही थी। जाहिर तो बात ऐसी ही थी, पर उसकी गहरी उदासी और आत्मा की व्यग्रता यह प्रकट कर रही थी कि वास्तव में वह कुछ सोच रही है।

उसी समय एक व्यक्ति दबे पैर उस कमरे में घुस आया था, जिसकी उसे कुछ भी सुध नहीं थी। बहू के मुख का केसर के समान सुनहरा रंग लैंप के प्रकाश में धक्-धक् चमक रहा था। आगंतुक चोर की तरह भीतर घुस आया था, और चोर ही की तरह छिपकर उस सौंदर्य का निरीक्षण कर रहा था। वह व्यक्ति प्रवीण थे। अपने बालसखा भगवती को उधर मित्रों में अटका कर आप उसकी स्त्री से एकांत में भेंट करने के लिए निःशंक उस घर में घुस आए थे।

एकाएक बहू की निगाह उधर उठ गई। सच पूछो तो उसने उस समय प्रवीण को देखा नहीं। क्योंकि उस समय तक भी वहां अंधेरा था। किंतु प्रवीण उसके उधर देखते ही घबरा गए। वे चार कदम आगे बहू की तरफ बढ़ गए।

सुनसान घर में एकाएक प्रवीण को देखकर बहू सहम गई। उसने एक हाथ से अपने वस्त्र संभालते हुए दबी जबान से कहा, "वे तो यहां आए नहीं हैं। आप ऊपर जाकर बैठक में बैठें।"

प्रवीण बहुत ही घबरा रहे थे। उनके माथे से पसीना चू रहा था, और मुंह सूख रहा था। वे बड़े प्रयत्न से बोले, "यह मुझे मालूम है; इसीलिए यहां आया भी हूं। भगवती अभी इधर नहीं आएगा।"

बहू एकदम सहम गई। उसने आशंका की दृष्टि से प्रवीण को देखकर कांपते-कांपते कहा, "तब आप यहां क्यों आए हैं? ऊपर जाइए, कोई देख लेगा।"

प्रवीण ने ज़रा तेज स्वर में कहा, "देख ही लेगा, तो क्या होगा? बहुत होगा, मार ही डालेगा। मुझसे अब नहीं सहा जाता।"

इतना कहकर वे बहू की तरफ बढ़े।

बहू ने हड़बड़ा कर कहा, "नहीं, नहीं, इधर मत आना! आप बाहर जाइए। मैं आपसे बात नहीं करूंगी।" इतना कहकर वह डर से एक दीवार से चिपककर खड़ी हो गई, और भयभीत दृष्टि से प्रवीण की ओर देखने लगी।

प्रवीण वहीं रुक गए। उन्माद उनकी रग-रग में रम रहा था। पर वे संभल कर बोले, "बहू! डरो मत। क्या मैं तुम्हारे लिए अनजान आदमी हूं, या कभी तुम्हारे घर आया नहीं हूं?" बहू ने कुछ कांपती आवाज़ में जल्दी-जल्दी कहा, "किंतु इस समय हमें कोई अकेले देख लेगा, तो क्या कहेगा?"

प्रवीण बोले, "कह तो चुका। बहुत करेगा, मार डालेगा!"

"और मैं भी तो मारी जाऊंगी? वैसे ही बहुत नामधराई हो रही है। आपको क्या यह आचरण शोभा देता है? जीजी को मुंह दिखाने लायक भी न रहूंगी? आप बाहर जाइए। मैं हाथ जोड़ती हूं!" उसकी आंखों में आंसू ढरकने लगे।

प्रवीण एक क्षण स्तब्ध खड़े रहे। उन्होंने अत्यंत अनुनय की दृष्टि से बहू को देखते हुए कहा, "बहू! मैं बड़ा दुःखी हूं, ईश्वर न करे, कुछ तुम्हारा अनिष्ट हो। मैं अभी जाता हूं, पर तुम मुझे एक बात साफ-साफ बता दो।"

बहू ने झटपट बात तय करने के विचार से कहा, "क्या बात?"

"साफ-साफ तो कहोगी न? अटकाना नहीं। सच्ची-सच्ची कहना!"

बहू ने डरते-डरते कहा, "सच ही कहूंगी। क्या बात है?"

प्रवीण बोले, "ठीक-ठीक बताओ, तुम मुझे चाहती हो या नहीं?"

बहू इसी प्रश्न की आशा कर रही थी। एकाएक प्रश्न सामने देखकर वह घबरा गई। पर उसे छिपाने की जगह नहीं थी।

प्रवीण बोले, "बस, हां या ना, साफ कह दो। मैं चला जाऊं। इसी प्रश्न पर अब मेरा जीना-मरना है।"

बहू को कुछ जवाब न सूझा। वह काठ की तरह खड़ी रह गई। अंत में उसने घबराकर कहा, "नहीं, नहीं, अब आप जाइए! देखो, कोई आ जाएगा!" इतना कहकर वह भयभीत दृष्टि से अपने चारों तरफ देखने लगी।

प्रवीण बोले, "चाहे जो हो, मैं तुम्हारे मन की बात जाने बिना नहीं जाऊंगा। संसार में जो सबसे बड़ा डर था, वह मैंने त्याग दिया।"

बहू चुप थी। प्रवीण ने कहा, "तो मैं भगवती के आने तक यहीं खड़ा रहूं?"

बहू ने पुनः हाथ जोड़कर रोते-रोते कहा, "हाय, हाय, क्यों इस अबला को मारते हो! तुम चले जाओ! जाओ!"

प्रवीण बोले, "तो बोलो, क्या तुम मुझे चाहती हो?"

बहू ने रोते-रोते कहा, "नहीं!"

प्रवीण ने वह शब्द सुना और पी गए। उन्होंने शून्य दृष्टि से एक बार चारों तरफ देखा।

प्रवीण के नेत्रों में आंसू आकर गालों पर ढरक गए। उन्होंने तनिक बहू के पास खिसककर कहा, "बहू! क्या मैं भगवती से देखने में बुरा लगता हूं?"

बहू ने कहा, "आप यह फिजूल बात क्यों कहते हैं?"

प्रवीण चुपचाप रोते रहे। बहू ने रोना बंद कर अत्यंत गंभीर और करुण स्वर में कहा, "विधाता की रचना और प्रारब्ध पर आपको संतोष करना चाहिए। अकेले आपकी चेष्टा कितनों को बना-बिगाड़ सकती है? मुझ गरीब की इतनी मान लीजिए, जो कुछ है, मन में रखिए। मेरी इज्जत और शील को नष्ट न कीजिए। स्त्री पति की वस्तु है। पिता जिसे देता है, वही पति बन जाता है। आपका मेरे ऊपर यह भाव नहीं होना चाहिए। आप इतने विद्वान और बड़े होकर क्या मेरी इतनी विनती को भी नहीं मान सकते? मैं तुच्छ स्त्री क्या आपको उपदेश देती अच्छी लगती हूं?"

प्रवीण रोने लगे। बहू उकता कर इधर-उधर बड़ी बेचैनी से देखने लगी। वह सोचती थी कि कहीं मार्ग मिले, तो मैं ही निकल जाऊं।

प्रवीण ने उठकर और आंखें पोंछकर एक लंबी सांस ली और अवरुद्ध कंठ से बोले, "नहीं बहू! भगवान तुम्हें सुखी करें। मैं तुम्हारे मार्ग से हटा जाता हूं, पर तुम एक बार-सिर्फ एक बार-मुझे अपना रूप निहार लेने दो! बहुत दिनों से तड़प रहा हूं। बिना ऐसा किए तुम्हें छोड़ न सकूँगा। तनिक मेरे पास आ जाओ। मैं शपथपूर्वक कहता हूं, इसके बाद तुम मुझे कभी न देख सकोगी!"

लाचार बहू ने झटपट यह दृश्य समाप्त करने को यही किया। वह उनके पास आ खड़ी हुई। प्रवीण घुटनों के बल धरती पर बैठकर उस रूप और यौवन को देखकर रोने लगे। रोते-रोते ही उन्होंने बह का हाथ पकड़ लिया। बहू उसे छुड़ा न सकी। वह भी रोने लगी। प्रवीण ने वही हाथ-हां, बहू का हाथ-जो भगवती को धर्म-वेद-अग्नि और देवता की साक्षी से दान दिया जा चुका था। चूम लिया।

इसी समय भगवती अपने द्वार में घुसा। द्वार खुला हुआ था। वह दबे पैर भीतर घुस गया। दूर से देखा, उसके शयनागार से प्रकाश आ रहा था। पास जा, किवाड़ से झांक कर देखा, वहां वह सर्वनाश उपस्थित था।

अठारह

यह देखते ही भगवती के तन-बदन में आग लग गई। उसके शरीर का सारा लहू सिर में चढ़ आया। उसने शेर की तरह गरजकर कहा, "लुच्ची! बदमाश! फाहशा!" और इसके बाद शेर ही की तरह झपटकर वह दोनों पर टूट पड़ा। क्षण-भर में ही इतना काम हो गया, पर इसी क्षण में बहू 'हाय' कहकर धरती पर गिर गई, और प्रवीण कांपते-कांपते दीवार से सटकर खड़े हो गए! भगवती पहले बहू पर टूट पड़ा। उसे इस बात का कुछ ज्ञान न था कि वह किस दशा में है। वह दांत कटकटाकर उसकी छाती पर चढ़ बैठा, और दोनों हाथों से उसके बाल पकड़ उसका सिर उठा-उठाकर धरती पर पटकने लगा।

प्रवीण का आंतक कुछ कम हुआ। अब वे लज्जा और ग्लानि के मारे धरती में गड़ने लगे, पर सामने का दृश्य वे किसी तरह नहीं देख सके। अपने हृदय में किसी तरह साहस भरके वे धीरे-धीरे भगवती की ओर बढ़े। उन्होंने डरते-डरते उसके कंधों को छूकर कहा, "उसे मत मारो, उसके बदले तुम मेरी बोटी-बोटी काट लो। कसूर मेरा है। अपराधी मैं हूं। बहू सर्वथा निर्दोष है।"

भगवती उठ बैठा। उसका मुख और नेत्र अंगारे के समान लाल हो रहे थे। उसने लरज़ती ज़बान में कहा, "मेरे सामने से टल जा, वरना तेरा खून पी जाऊंगा!" प्रवीण को वहां ठहरने का साहस नहीं हुआ। न उनके मुख से एक शब्द निकला। वे बदहवास की तरह कमरे से निकल गए।

भवगती ने होंठ काटकर कहा, "घृणित कुत्ता!" और इसके बाद उसने क्रोध से तिल मिलाकर अपने कपड़े फाड़ डाले, और बांह काट खाई। अब वह फिर मिसमिसाकर बहू की तरफ़ दौड़ा।

पर अबकी बार वह ठिठक गया। उसने देखा, बहू के मुख और नाक से खून निकल रहा है, और उसका चेहरा सफ़ेद पड़ गया है। उसने डरकर उसकी नाड़ी टटोली, हृदय की धड़कन देखी। बहू उसी मूर्च्छितावस्था में बड़े ही कष्ट से सांस ले रही थी। धीरे-धीरे उसका क्रोध कुछ कम हुआ और भय तथा घबराहट के चिह्न उसके चेहरे पर अंकित हुए। उसके सिर में चक्कर और आंखों में अंधेरा आने लगा, और वह दोनों हाथों से सिर पकड़कर वहीं बैठ गया।

बहू की मूर्छा जागी, पर उस समय उसका दिमाग इतना चक्कर खा गया था कि वह कुछ भी नहीं सोच सकी कि किस परिस्थिति में है। वह धीरे-धीरे उठी, पर उठते-उठते ज्योंही उसकी दृष्टि पति पर पड़ी, जो कटघरे में बंद शेर की तरह कमरे में घूम रहा था तो सब घटना बिजली की तरह सिर में घूम गई, और वह सहम कर फिर धरती पर बदहवास होकर लोट गई।

भगवती ने उसे उठते हुए देख लिया था। वह बड़बड़ाता हुआ और लंबी-लंबी डग भरता उसके पास आया, पर उसने देखा, वहां आते-आते वह फिर धरती से चिपक गई है। उसने लरज़ती हुई जबान से कहा, "मर गई या अभी जीती है?" एक सन्नाटा रहा। भगवती ने और भी तीव्र ढंग से कहा, "बोलती है या गंडासा लाकर कुट्टी करूं?" वह अब भी नहीं बोली, पर धीरे-धीरे उसका एक हाथ पति के चरण छूने को बढ़ने लगा। पर जैसे सांप को अपनी ओर बढ़ता देखकर आदमी झिझकता है, उसी प्रकार भगवती झिझककर पीछे हटा, और उसने घृणा और क्रोध के स्वर में कहा, "पापिनी, ख़बरदार जो मुझे छुआ!"

अब बहू ने धीरे-धीरे सिर उठाकर पति पर एक दृष्टि डाली। वह दृष्टि कैसी थी? उसमें करुणा, अनुनय और विनय का अनंत पुट लगा हुआ था। वे आंखें यद्यपि बहुत तुच्छ और गिनती में केवल दो ही थीं, किंतु कितनी शक्ति के साथ क्षमा-दया मांग रही थीं, यह कहना कठिन है। क्षण-भर के लिए भगवती विचलित हुआ। ऐसा मालूम होता था, वह बहू को अभी गोद में भरकर उठा लेगा। वह झुका भी, पर बहू के मुख के निकट आकर उसके भाव में पुनः रौद्रता आ गई। बहू ने अत्यंत क्षीण स्वर में कहा, "स्वामी! मैं पापिनी नहीं हूं। मुझे क्षमा..." भगवती के गले की नसें

फूल आई। उसने वहीं घुटने के बल बैठ उसके छितराए बालों में एक झटका देकर कहा, "अच्छा पुण्यवती! यह तो बता कि यह लड़का किसका है?" यह बड़ी भारी चोट थी, जिसे अबला स्त्री न सह सकी, और वह फिर पछाड़ खाकर धरती पर गिर पड़ी। भगवती अब भी सिंह की तरह अत्यंत तीव्र दृष्टि से उसे घूर रहा था। देखते-ही-देखते उसकी तीव्रता बढ़ गई। क्रोध के साथ एक और भी तीव्र विष उसके रोम-रोम को जलाने लगा। उसने कड़ककर कहा, "खड़ी हो!"

बहू धीरे-धीरे उठकर बैठ गई। भगवती ने कहा, "उतार, सब गहने उतार!" बहू चुपचाप बैठी रही। भगवती ने कहा, "उतारती है या लात जमाऊं?" बहू को कोई चारा न था। उसने आंसू बहाते-बहाते साहस करके एक बार पति की ओर करुण दृष्टि से देखा, पर वहां दया की रत्ती भर भी गुंजाइश न थी। वह धीरे-धीरे अपने गहने उतारने और सामने ढेर करने लगी। भगवती वज्र की तरह खड़ा यह सब देखता रहा। जब चूड़ी और बिछुए रह गए तो उसने कहा, "यह भी उतार!" इस बार अबला ने पुनः नेत्र उठाकर स्वामी से रोते-रोते पैर पकड़कर कहा, "स्वामी, इन्हें रहने दो! इन्हें मत छीनो!" भगवती ने एक भयंकर मुस्कराहट से दांत निकालकर कहा, "माया छोड़! उतार, वरना उंगलियां सरौते से कतर लूंगा!"

अंततः रोते-कलपते उसने वे भी उतारकर सामने रख दिए। अब भगवती ने उससे द्वार की ओर उंगली दिखाकर कहा, "अच्छा निकल यहां से! मुंह काला कर!"

इतना सुनते ही बहू कांप उठी। यहां तक की उसने आशा भी नहीं की थी। पर उसमें अब दया, क्षमा-प्रार्थना की कुछ शक्ति नहीं रह गई थी। वह चुपचाप बेंत की तरह थर-थर कांपती अपने कपड़ों में सिकुड़ी बैठी रही।

भगवती ने एक लात मारकर कहा, "उठती है या उठाकर फेंक दूं?" बहू निश्चल बैठी रही। उसके शरीर के रक्त की एक-एक बूंद सौ-सौ मन की हो रही थी, और आंखों से कुछ सूझता नहीं था। वह इतने ज़ोर से कांप रही थी, मानो उसे कोई पकड़कर हिला रहा हो। पर उसकी जीभ ऐसे तालू से सट गई थी कि वह बोल ही न सकती थी।

अब भगवती उसे ज़बरदस्ती बाहर निकालने को आगे बढ़ा। उसे देखकर बहू 'हाहा' करके पूरे ज़ोर से चिल्ला उठी, "मुझे मार डालो! टुकड़े कर दो! मैं बाहर कहां जाऊंगी?"

खेद की बात है कि यह सब अनुनय व्यर्थ था। भगवती ने उसका झोंटा पकड़कर और धक्का देकर द्वार के बाहर कर दिया, और उसके बाद सोते हुए बच्चे को भी निर्दयतापूर्वक उठा लाकर उसकी गोद में डाल दिया। उसके बाद वह ज़ोर से दरवाजे में ताला लगा स्वयं भी एक ओर चला गया। उस गंभीर रात्रि में, उस सन्नाटे में वह अकेली खड़ी रह गई। उस समय उसके भीतर-बाहर सब जगह अंधेरा था। आशा का कहीं टिमटिमाता प्रकाश तक न था।

उन्नीस

सूरज निकलने के बहुत पहले ही प्रवीण की आंखें खुलीं, और आंख खुलते ही वे हड़बड़ा कर उठ बैठे। उठ बैठने के कुछ क्षण बाद उन्हें मालूम हुआ, यह न उनका घर है, न उनकी शय्या है। इतनी ही देर में उन्हें सब कुछ स्मरण हो आया। वे सोचने लगे, यह स्थान-तेरे सदा के सोने के स्थान से सर्वथा निकृष्ट है। मैं तो समझता था कि मैं जैसी निकृष्ट स्थिति में हूं, उससे अधिक निकृष्ट परिस्थिति हो ही नहीं सकती। पर मान, सम्मान और गौरव देकर क्या यह पाया? इसी की तलाश में इतना सब हुआ था? प्यास के मारे बेचैन होकर तेजाब पी गया। तमाम दांत झड़ गए। मुंह में जख्म हो गए। इतना सोचकर प्रवीण ने अपने धूल-भरे कपड़ों को देखा, और तब वे वहां से दुःख-भरी सांस छोड़कर उठे।

प्रवीण रात को जंगल की तरफ़ चले गए थे और चामुण्डा के एक पुराने खंडहर जैसे मंदिर में सो रहे थे।

पास ही तालाब था। उस तालाब पर जाकर प्रवीण खड़े हो गए। तालाब का जल निर्मल था। प्रवीण की प्रतिच्छाया उस निर्मल जल में कांपने लगी। प्रवीण को ऐसा प्रतीत हुआ कि शुद्धता के सम्मुख मलिन पाप कांप रहा है। वे बिना मुंह धोए ही वहां से हट गए।

अभी तक चारों ओर अंधकार था। पौ भी नहीं फटी थी। वे सोचते-सोचते शहर की तरफ़ चले, यद्यपि घर जाने का उनका मन 'कदापि नहीं था, पर घर जाने या मर जाने को छोड़कर और कुछ चारा न था। मर तो सके नहीं, अब घर ही को चलो। पर यह चलना बड़ा ही कठिन था। ऐसा कठिन, जिसका वर्णन नहीं हो सकता। उनकी इच्छा कदापि घर आकर किसी को मुंह दिखलाने की नहीं थी। पर मुंह छिपाने को

ठौर न था। निर्लज्ज और बेगैरत बनने का अभ्यास तो वे पहले ही कर चुके थे, आज उसका सूक्ष्म सिद्धांत भी वे जान गए।

एकाएक वे अपने घर के द्वार पर आ खड़े हुए। वह उस समय प्रभात की ऊषा की प्रथम किरण मानो पीठ पर खाता हुआ चुपचाप सो रहा था। प्रवीण ने सीढ़ी चढ़कर द्वार खटखटाने को हाथ बढ़ाया ही था कि उनके पैरों से कुछ चीज़ छूती मालूम हुई। झुककर देखा, तो वह कोई स्त्री है।

थोड़े ही ध्यान से देखने पर उन्होंने बहू को पहचान लिया क्योंकि उस समय सुबह की सफ़ेदी कुछ-कुछ आसमान पर आ गई थी। बहू को वहां देखते ही चौंक उठे। उन्होंने आतंक के सूवर में कहा, "बहू, तुम यहां?"

बहू ने जवाब नहीं दिया। न वह उठी। प्रवीण ने ज़रा झुककर उसके शरीर को हिलाया। स्पर्श करते ही उन्होंने देखा, शरीर तो ठंडा, मिट्टी हुआ पड़ा है।

प्रवीण ने अब बहुत ही घबराकर उसके शरीर को हिलाना प्रारंभ किया, और बैठकर उसे ध्यान से देखा। उन्होंने देखा, उसका मुख झाग से भर रहा है, होंठ पीले पड़ रहे हैं और आंखें फट रही हैं। अब उन्होंने उसकी नाड़ी की जांच की। बहुत देर में उन्हें प्रतीत हुआ कि बहुत धीमी-धीमी नाड़ी चल रही है। अब उन्होंने व्यग्र होकर अपने चारों तरफ़ देखा। कुछ दूर पर एक गाड़ी जा रही थी। प्रवीण दौड़कर उसे बुला लाए, और बहू को उसमें डाल, 'शीघ्र अस्पताल चलो' कहकर बैठ गए। बच्चा भी उसी दशा में माता की छाती पर पड़ा था।

बीस

बहू ने आंखें खोलकर अपने चारों तरफ़ देखा। प्रवीण ने बहू के सम्मुख जाकर अति दीन स्वर में कहा, "बहू! अब क्या तुम होश में हो?"

बहू ने शायद उन्हें पहचाना नहीं। न उनकी बात समझी। वह मानो उन्हें पहचानने के लिए ध्यान से उनकी ओर देखने लगी। प्रवीण ने भरे हुए कंठ से कहा, "बहू, बहू! ऐसा क्यों करती हो, क्या पहचानती नहीं?"

बहू ने टकटकी बांधकर उनकी तरफ़ देखा। फिर कुछ बोलने की चेष्टा की, पर बोल न सकी। होंठ-मात्र हिलाकर रह गई। प्रवीण ने उसका हाथ पकड़कर बहुत ही नरमी से कहा, "बहू, भगवती को बुलाऊं?"

अबकी बार बहू ने मानो कुछ जाना। उसने सचमुच प्रवीण को पहचान लिया। वह डरकर एक बार कांप उठी उसकी आंखें फट गई। और होठों से कुछ अस्फुट शब्द निकलकर रह गए। प्रवीण की आंखों से आंसू बह निकले। उन्होंने धीरज करके थोड़ा पानी उठाकर बहू के मुख में डाल दिया।

अबकी बार बहू ने उन्हें अच्छी तरह पहचानकर टूटे स्वर में कहा, "हाय! तुम फिर यहां?"

प्रवीण ने कहा, "बहू, ज़रा धीरज धरो, बहुत बुरा हो गया था। ज़रा दिल को थामो। भगवान ने तुम्हें प्राण-दान दिया है।" इतना कहकर प्रवीण फूट-फूटकर रोने लगे। इसका असर शायद अच्छा हुआ।

बहू ने कुछ चैतन्य होकर कहा, "मैं कहां हूं?" इसके साथ ही उसे अपने गत रात्रि के जीवन और अंतिम कार्य का कुछ-कुछ स्मरण हुआ। उसने घबराकर कहा, "और मेरा बच्चा? प्रमोद?" इसके साथ ही उसने चारों तरफ देखना शुरू किया।

प्रवीण ने रोते-रोते बच्चे को लाकर बहू की गोद में दे दिया। वह गहरी नींद में सो रहा था। बहू ने उसे छाती से लगा लिया। अब वह भी रोने लगी।

प्रवीण उसके पास खड़े ही रहे। वे स्वयं इतना रो रहे थे कि कुछ भी बोलने की उनमें शक्ति नहीं थी। अब वे उसके पास आ, बच्चे पर हाथ फेरते-फेरते बोले, "रोओ मत बहू! प्रमोद अब बहुत अच्छा है। क्या भगवती को बुलाऊं?"

बहू ने भरे हुए नेत्रों से प्रवीण को देखा, और विषाद-भरे स्वर में कहा, "आखिर तुमने मुझे यहां तक पहुंचा दिया?"

प्रवीण ने होंठ काटकर, कठिनता से रोना रोकर कहा, "हां बहू! तुम मुझे शाप दो। मैं कायर आत्मघात तो कर सकता नहीं। तुम मुझे शाप दो। दुःखी आत्मा का शाप अवश्य फलेगा। मुझे मारो मत। मरने में दो-चार मिनट का कष्ट भोगकर प्रायश्चित न होगा। मेरे अंगों में, कोढ़ चूने दो, और मेरे शरीर में कीड़े पड़ने दो। बहू, एक बार क्रोध में आकर ऐसा कह दो!"

बहू कुछ देर चुप रही। उसने कहा, "क्या यह अस्पताल है?"

"हां।"

"तुमने मुझे क्यों बचाया? अब इस शरीर को कहां रखूंगी? मैं तो ठीक रास्ते पर थी।"

"पर प्रमोद को मां की छाती कहां मिलती बहू?"

बहू ने कांपते-कांपते कहा, "मैं तो उसे भी साथ ले जा रही थी।" इतना कहकर वह बच्चे को ज़ोर से छाती से लगाकर फूट-फूटकर रोने लगी। प्रवीण भी बैठकर रोने लगे।

कुछ देर रोकर प्रवीण ने कहा, "बहू! क्या भगवती को बुलाऊं?"

बहू ने कुछ तीव्रता से कहा, "क्या तुम उन्हें मुंह दिखा सकते हो?"

प्रवीण लजा गए। बहुत ही लजा गए। बहू ने सोचा, बहुत ही कड़ी बात कह दी है। उसने फिर कहा, "और मैं ही क्या किसी को मुंह दिखाने योग्य हूं? स्त्रियां तो

मिट्टी की हांडी होती हैं। एक बार जब पाखाने में पहुंच चुकीं, तब रसोई के योग्य नहीं रहतीं। उसका फूटना ही ठीक था।"

प्रवीण ने कहा, "शायद तुम्हारी बात ठीक है। पर बहू! मैं यह देख न सका। तुम्हें शायद देख सकता, पर बच्चे को...!" इतना कहते-कहते उनका कंठ रुंध आया। वे आगे कह न सके। पर कुछ ठहरकर उन्होंने कहा, "तुम सचमुच वीर निकलीं बहू! मैं कायर स्वयं भी न जा सका, और तुम्हें भी पीछे खींच लिया।"

कुछ ठहरकर बहू ने कहा, "अब क्या होगा?"

प्रवीण बोले, "मेरे पास शरीर है, और प्राण हैं। ये मैंने तुम्हें दिए बहू! अपवित्र प्यास से पागल होकर मैंने तुम्हारी आबरू और सुख को नष्ट किया। इस भयंकर नाश के साथ ही वह प्यास मिट गई है। तुम मेरी बहन और पुत्री के समान हुई। मैं पिता और भाई के समान तुम्हारी रक्षा करूंगा और तुम अपने तन-तन से इस बच्चे की रक्षा करो।"

बहू कुछ देर चुप रही। फिर उसने कहा, "मेरी इच्छा किसी को मुंह दिखाने की नहीं है। तुम मुझे कहीं एकांत गांव में रख आओ, और रक्षा का प्रबंध करके मेरे और मेरे बच्चे के खाने का कुछ प्रबंध कर दो। हम लोग बहुत ही थोड़े में गुज़र कर लेंगे। पीछे जब मेरा बच्चा बड़ा होकर कमा सकेगा, तो तुम्हारे ऊपर का बोझ हट जाएगा। हमसे बनेगा, तो तुम्हारा ऋण भी चुका देंगे।"

प्रवीण रोने लगे। क्रमशः उनका रोना बढ़ने लगा। वे हिचकियां लेने लगे। बहू ने कहा, "तो क्या यह असंभव है? तुम हमारे लिए इतना नहीं कर सकते?" इतना कहते-कहते बहू की भृकुटि में बल पड़ गए।

प्रवीण ने कहा, "इसके सिवा जो बनेगा, वह भी करूंगा। पर बहू! तुम मुझे रुलाओ मत!"

बहू ने कहा, "तो अब तुम रोते क्यों हो?"

प्रवीण ने हाथ जोड़कर कहा, "मेरा अविश्वास मत करो।"

बहू ने कहा, "कैसा अविश्वास?"

प्रवीण कातर कंठ से बोले, "तो क्या तुम समर्थ होने पर मेरा ऋण चुकाने की इच्छा करती हो?"

बहू चुप रही। प्रवीण ने बहू का पैर छूकर कहा, "तो तुम इस बात को विश्वास नहीं करतीं कि मैं तुम्हें अपनी सगी बहन और बेटी समझता हूं?"

बहू ने अपना पैर खींच लिया, पर वह कुछ बोली नहीं।

प्रवीण देर तक रोते और आशा-भरी दृष्टि से उसकी ओर देखते रहे।

बहू नीची दृष्टि किए बैठी रही।

अब प्रवीण झुंझला उठे। उन्होंने क्रोध में होंठ काटकर कहा, "तब मैं तुम्हारी सहायता नहीं करूंगा! जहां जी चाहे, तुम मरो, और जहां जी चाहेगा, मैं मरूंगा!"- इतना कहकर वे उठ खड़े हुए।

रोने और प्रार्थना करने का जो प्रभाव नहीं हुआ था, वह क्रोध का हुआ। उससे बहू का कठोर भाव एकदम उड़ गया। उसने करुण दृष्टि ऊपर को उठाकर रो दिया। एक क्षण प्रवीण उद्विग्न-से उसकी तरफ़ देखते रहे। बहू ने कांपते-कांपते कहा, "मुझे तुम्हारा विश्वास है।" इसके बाद ही वह अपनी शय्या पर गिरकर फूट-फूटकर रोने लगी। प्रवीण ने उसके पैरों को माथे से लगाकर कहा, "बहन के इन चरणों के लिए अपना सर्वस्व समर्पित है।"

इक्कीस

दिन ढल गया था। दोनों सास-बहू आंगन में बैठी हुई योंही फालतू-सा काम करके समय काट रही थीं। एकाएक धम-धम किसी के सीढ़ी चढ़ने की आवाज़ उनके कान में आई। बुढ़िया कुछ ऊंचे स्वर में बोली, "लो, वह आया।" सुखदा ने सिर उठाकर देखा। इतने ही में द्वार में एक धक्का लगा। सुखदा ने उठकर द्वार खोल दिया। द्वार खुलते ही उसने आश्चर्य से देखा, वह प्रवीण नहीं, भगवती है। और भी आश्चर्य और शंका से उसने देखा कि भगवती का जैसा आज का रूप है, वैसा कभी नहीं देखा था। उसके बदन पर सिर्फ एक कमीज़ थी, जिसके बटन खुले हुए और अस्त-व्यस्त थे। सिर नंगा था और बालों में धूल भर रही थी। वे चारों तरफ़ छितरा रहे थे। उसके गले की नसें फूल रही थीं, और सांस के साथ छाती उठती-बैठती प्रत्यक्ष दीख पड़ती थी। मुंह सुर्ख हो रहा था, और आंखें आग उगल रही थीं। वह दुर्धर्ष बैल की तरह सांस ले रहा था। सांस के साथ उसके नथुने बेतरह फूल जाते थे। पैरों में जूता नहीं था, उंगलियों में कीचड़ भर रही थी। ऐसे वेश में एकाएक भगवती को सामने देखकर सुखदा डरकर पीछे हट गई।

बुढ़िया ने वहीं से पूछा, "कौन है?"

भवगती एकदम आगे बढ़ा। उसने न सुखदा को प्रणाम किया, न सदा की तरह मुस्कराया, वरन वह उसकी तरफ़ से हाथ-मुंह फेर बूढ़ी की तरफ़ को चला। बुढ़िया एकाएक उसका यह रंग देखकर घबरा गई।

भगवती ने कठोर स्वर में कहा, "बता, कहां है तेरा पूत?"

बड़ी ही कठिनाई से बुढ़िया के मुख से शब्द निकला, "क्या?"

भगवती ने फिर कड़कते स्वर में कहा, "गया कहां यह बदमाश लम्पट? किधर आकर छिपा है?" वह घर में घुसकर देखने लगा।

बुढ़िया ने उसके पीछे आकर कहा, "वह तो कल से ही यहां नहीं आया।"

भगवती ने पागलों की तरह कहा, "नहीं आया? झूठ तो नहीं बोलती?"

बुढ़िया ने रोकर कहा, "हुआ क्या? बात तो कह!"

भगवती ने मानो आप-ही-आप कहा, "वह...वह उसे ले भागा! इतना कहते-कहते उसके हाथों की मुट्ठी बंध गई। उसने दांत मिसमिसाते हुए कहा, "मैं कैसा मूर्ख हूं! मैंने कल ही उसे क्यों नहीं मार डाला!"

बुढ़िया ने कुछ-कुछ मामला समझकर कहा, "भगवती! तू भी मेरा बेटा है। ज़रा ठंडा होकर सब बात तो सुना दे। नहीं तो ले, इस बुढ़िया को मार!"

भगवती ने एक क्षण स्थिर नेत्रों से उसे ताक कर कहा, "अभी नहीं समझी? तुम्हारे सपूत कल रात मुझे दोस्तों में अटका कर मेरी स्त्री से प्यार करने गए थे। अब मालूम होता है, वे उसे ले भागे हैं। दोनों का ही पता नहीं है।"

बुढ़िया धरती में गिरकर बकने लगी। उसके मुख से निकला, "हाय! ऐसे पूत के पैदा होते ही धरती क्यों नहीं फटी! मैं दुखिया तो नहीं मरी! यह भी सुनना पड़ा!"

भगवती पर इस रोने का कुछ भी असर न पड़ा। उसने कहा, "धरती के परदे पर से तो कहीं गायब हो ही नहीं जाएगा! जहां मिलेगा, खून पी जाऊंगा!" इतना कहकर वह द्वार की ओर बढ़ा। बुढ़िया शायद बेहोश हो गई थी। वह कुछ न बोली। द्वार के पास आकर भगवती ने देखा, सुखदा द्वार रोके, किवाड़ों से पीठ लगाए खड़ी है। उसके नेत्रों में न आंसू हैं, न वह कुछ बोलती ही है। भगवती आपे में नहीं था। फिर भी वह उसे ठेलकर नहीं जा सका। कुछ बोल भी न सका। केवल कठोर दृष्टि से सुखदा को ताकता रहा। कुछ ठहरकर उसने कहा, "हटो, मुझे जाने दो।"

सुखदा चुपचाप खड़ी रही। भगवती बलात्कार न कर सका। कुछ रुककर बोला, "तुम्हारा प्रयत्न निष्फल है। वह जहां मिलेगा वहीं मार डालूंगा!"

सुखदा ने कहा, "क्यों?"

भगवती ने उग्रता से कहा, "क्यों? मेरी स्त्री को उसने नष्ट किया है!"

सुखदा ने गंभीर, किंतु सतेज स्वर में कहा, "तो तुम उसकी स्त्री को नष्ट करो।" भगवती चौंक उठा। उसने कहा, "मैं लम्पट और पापी नहीं हूं।"

सुखदा बोली, "तुम पाप मत करो, प्रतिहिंसा करो। जिसने तुम्हारी स्त्री का धर्म नष्ट किया है, तुम उसकी स्त्री का प्राण-नाश करो। मैं उसकी स्त्री हूं।" इतना कहकर वह गर्व से गर्दन तानकर और भी मजबूती से खड़ी हो गई।

भगवती ने घबराकर कहा, "मैं क्या हत्यारा हूं!"

"दण्ड के लिए प्राण-नाश करना हत्या नहीं है।"

"तुमने क्या अपराध किया है?"

"स्त्री पति का आधा अंग है। पति के पाप-पुण्य, सबमें उसका आधा हिस्सा है। आधा दण्ड मुझे दो। मेरा प्राण-नाश करो। फिर जहां वे मिलें, तुरंत मार डालना। मैं नहीं चाहती कि दुनिया मेरे पति को लम्पट के रूप में देखे।"

भगवती ने फिर क्रोध में भरकर कहा, "मैं उसी को मारूंगा! उसी ने मेरा नाश किया है! तुमसे मेरा कुछ वास्ता नहीं है।"

सुखदा बोली, "तो तुम पूरा-पूरा दंड मुझी को देना चाहते हो?"

"कैसे?"

"तुम मुझे न मारकर मेरी चूड़ियों को चूर करना चाहते हो। मरने वाला चार मिनट कष्ट भोगकर मर जाएगा, पर जीने वाला कैसे दिन काटेगा? इन चूड़ियों के बिना जीने से क्या सभी दण्ड मुझे न भोगना पड़ेगा और मरने वाला क्या दुःख से छुट्टी न पा लेगा?"

भगवती चुपचाप पागल की तरह खड़ा सुखदा का गंभीर मुख देखता रहा।

सुखदा ने ऊंचे स्वर में कहा, "तुम क्रोधांध हो। तुम बदला चाहते हो। तब मैं तुमसे न्याय नहीं चाहती। जाओ, अपने शत्रु से बदला लो।"

इतना कहकर उसने झटके से किवाड़ खोल दिए. और गर्व से अपनी पूरी ऊंचाई में तनकर खड़ी होकर, उसने उंगली से बताकर कहा, "जाओ।"

बाईस

भगवती के जाने के दो घंटे पीछे सुखदा को एक पत्र मिला। वह उसी शहर के स्टेशन पर से डाला गया था। सुखदा ने पहचान लिया कि वे प्रवीण के हस्ताक्षर हैं। सुखदा ने धड़कते हृदय से उसे खोल लिया। उसमें लिखा था :

"माता!

"जब मैं अपने आचरण से आपको संतप्त कर रहा हूं, तब शिष्टाचार और प्रणाम लिखना व्यर्थ है।

"मुझे इस बात का बड़ा ही खेद है कि अब तक थोड़ा-बहुत जो आप लोगों को मेरा आसरा था, अब वह न रहेगा, क्योंकि मेरे ऊपर इस समय एक ऐसी सुशीला स्त्री और पवित्र बच्चे की रक्षा का भार है, जो मेरी ही मूर्खता और अविचार के कारण घोर रूप से तिरस्कृत और कलंकित किए गए हैं। यह स्त्री और बच्चा मेरे अभागे मित्र भगवती का है।

"बच्चा मेरा जीवन-प्राण है, और वह स्त्री मेरी आदर की बहन है। इनकी इच्छा किसी से मिलने की नहीं है, इसलिए इनकी जहां, जैसे निर्जन स्थान में, जिस तरह, रहने की इच्छा होगी, वैसे ही रखूंगा और जीते-जी इन्हें कष्ट न होने दूंगा।

"माता! यह सच है कि आप लोग निराश्रय और अकेली रह गई हैं, और मुझे देख भी नहीं सकेंगी, किंतु आपको यह विचार कर मन में सुख मान लेना चाहिए कि आपका बच्चा एक पुण्य कार्य में लग गया है, या उत्कृष्ट प्रायश्चित कर रहा है।

"यह याद करके मेरा कलेजा बैठा जा रहा है कि अब आप लोगों के लिए कुछ भी न कर सकूँगा। पत्र भी न लिख सकूँगा। मिल भी न सकूँगा। मेरी इच्छा किसी को मुंह दिखाने की नहीं है। क्योंकि एक तो मैं बड़ा निंदनीय काम कर चुका हूं। दूसरे

अब भी हमारा काम और जीवन का ढंग ऐसा है, जिसके लिए सफ़ाई दरकार है। पर हममें से कोई सफाई देने को तैयार नहीं है। हम लोग स्वच्छ, निर्द्वंद्व, संतुष्ट और निस्संकोच हैं, और जीवन-भर रहेंगे।

"तुम लोग या भगवती हमें ढूंढ़ने की चेष्टा करके भी पा नहीं सकोगे। मैंने एक तीव्र विष लेकर रख लिया है। वह सदा मेरे पास रहेगा। तुम लोगों में से कोई भी यदि हमें पा लेगा, तो उसे देखते ही मैं विष खा लूंगा! इस बात को सत्य समझना।

"माता! समय-समय पर मुझे आशीर्वाद देती रहना।

आपका पुत्र
प्रवीण"

पत्र पढ़कर सुखदा की छाती फूल गई। उसकी आंखें चमकने लगी, और उनमें से अविरल अश्रुधारा निकलने लगी। वृद्धा ने निकट आकर कहा, "क्या है?"

सुखदा ने चिट्ठी उसके आगे फेंक दी। वृद्धा बोली, "किसकी है?" सुखदा ने गर्व से तनकर कहा, "उन्हीं की!"

वृद्धा ने आंखें फाड़कर कहा, "प्रवीण की?"

सुखदा ने रोते-रोते कहा, "हां!"

बुढ़िया ने दुःखी स्वर से कहा, "तो यह सच है?"

सुखदा ने तीव्र स्वर में कहा, "नहीं अम्मांजी! वे ऐसे नहीं हैं।"

अब बुढ़िया उठकर बैठ गई। उसने कहा, "चिट्ठी पढ़कर सुना तो!" यह काम बहुत कठिन था। पर कोई चारा नहीं था। सुखदा ने अपना जी कड़ा करके चिट्ठी पढ़कर सुना दी।

अब बुढ़िया की आंखें चमकने लगीं। उसने कहा, "मेरे पूत के लोगों ने झूठे ही नाम धरे?" सुखदा कुछ न बोली। उसकी लाज और कष्ट तथा उदासी न जाने कहां उड़ गई थी। उसने चिट्ठी हाथ में लेकर कहा, "मैं अभी जाती हूं।"

वृद्धा ने अचकचा कर पूछा, "कहां?"

सुखदा ने क्रोध से फुफकारते हुए कहा, "वहीं, उसी पापी के घर जो आपे से बाहर होकर जो जी में आता है, बकता फिरता है!"

बुढ़िया चादर संभालकर बोली, "ला मुझे दे, मैं जाऊं।"

सुखदा बोली, "नहीं, यह मेरा काम है।"

तेईस

भगवती सदा से मूरख था। इस बात पर जिन्हें विश्वास नहीं आता था, वे आज की सतर्कता और बुद्धिमानी देखकर उसे मूर्ख कह सकते हैं। वह एक-एक करके बक्स, संदूक और अलमारी खोल-खोलकर उनका सामान छितराने लगा। किताबों के पन्ने उलट-पलटकर फेंकने लगा। पर खेद की बात है कि उसे ऐसी कोई वस्तु न मिली, जिसे पाकर वह सुराग पाता। अब थककर वह एक कुर्सी पर बैठकर सोचने लगा। एकाएक उसकी दृष्टि मेज़ पर पड़े एक कागज पर पड़ी। पास जाकर देखा, तो एक चिट्ठी थी। वह तोड़ी-मोड़ी और खराब की हुई थी। भगवती को ध्यान आया, उस समय बहू के हाथ में एक चिट्ठी थी, जिसे वह प्रवीण को दे रही थी। भगवती उस समय झोंक में उस चिट्ठी और उन शब्दों को बिलकुल भूल गया, लपक कर चिट्ठी उठा ली, और पढ़ने लगा। पढ़ते-पढ़ते उसकी आंखें फटने लगीं, और हाथ कांपने लगे। वह पूरी चिट्ठी समाप्त भी नहीं कर पाया था कि चिट्ठी उसके हाथ से छूट गई, और वह 'हाय!' कहकर तथा एक दुहत्था छाती में मारकर, धरती पर गिरकर फूट-फूटकर रोने लगा।

रोते ही रोते उसे ऐसा प्रतीत हुआ कि कोई छाया उसकी तरफ़ बढ़ रही है। ज़रा सिर उठाकर देखा, तो उसे भ्रम हुआ कि बहू है। वह बैठकर व्यग्रता से उसकी ओर देखने लगा, पर अंत में देखा, वह सुखदा है। भगवती ने देखा, उसके मुख पर कठोरता, आंखों में क्रोध और चाल में गर्व है। भगवती दोनों हाथ फैला 'भाभी! भाभी!' पुकारने लगा।

सुखदा कुछ बोली नहीं, वह स्तब्ध पत्थर की मूर्ति की तरह खड़ी रही। भगवती व्याकुलता से मुंह छिपाए रोता रहा। सुखदा ने कहा, "एक जरूरी वस्तु दिखाने आई हूं। उसे देख लो, मैं चली जाऊंगी; तुम बैठे रोया करना।"

भगवती ने मुंह ऊपर उठाकर देखा, देखने में ही प्रश्न था। सुखदा ने दूर से ही चिट्ठी भगवती के आगे फेंक दी। भगवती चिट्ठी पढ़ने लगा। सुखदा विजेता प्रतिहिंसक की तरह चुपचाप उसकी विकलता देखती रही। चिट्ठी पढ़कर भगवती ने कहा, "भाभी! मुझे क्षमा करो। मेरी रक्षा करो। बुरा किया! बहू के साथ बुरा किया!" सुखदा ने ज़रा तीव्र स्वर में कहा, "और अपने मित्र के साथ?"

भगवती ने कुछ क्षोभ के स्वर में कहा, "भाभी! भैया निरपराध नहीं है। बहू सर्वथा निरपराध थी।"

सुखदा कठोर दृष्टि से भगवती की ओर देखने लगी। भगवती ने दुःख के स्वर में कहा, "लो देखो, यह चिट्ठी देखो।"

सुखदा ने वह चिट्ठी ले ली और पढ़ने लगी। उसमें लिखा था : "मान्यवर!

अपनी मर्यादा छोड़कर अंत में आपको लिखती हूं। आप मेरे स्वामी के बड़े भाई और ज्येष्ठ तथा पूज्य हैं। आपको कोई ऐसा आचरण नहीं करना चाहिए, जिससे आपके गौरव को बट्टा लगे, और असहाय अबला की इज़्ज़त की ओर उंगली उठे। प्रारब्ध पर संतोष करना चाहिए, और भगवान की देन में ख़ुश रहना चाहिए। मेरी आपसे हाथ जोड़कर यह विनती है कि आप हमारे घर आना बंद कर दें; क्योंकि आप जिस तरह मेरी ओर देखा करते हैं, उसे देखकर मुझे डर और लाज आती है, और घर के लोग नाराज़ होते हैं।

आपकी

बहू"

चिट्ठी पढ़कर सुखदा की आंखों में अंधेरा छा गया। वह खड़ी-खड़ी धरती की तरफ़ शून्य दृष्टि से देखती रही। भगवती ने धीरे-धीरे खड़े होकर कहा, "भाभी! भैया को पश्चात्ताप हुआ है। मैं उनसे नाराज़ नहीं हूं। बताओ, उन्हें ढूंढू कहां?"

सुखदा ने मान से कहा, "तुम अपने अपराधी से राजी हो या नाराज़ मुझे इससे क्या? मैं तुम्हें चिट्ठी दिखाने आई थी, मेरी चिट्ठी मुझे दो, अपनी तुम रखो। मैं जाती हूं।"

इतना कहकर उसने भगवती के हाथ से चिट्ठी ले ली, और उसकी चिट्ठी फेंककर चल दी।

भगवती ने द्वार रोककर कहा, "भाभी! मैं बड़े दुःख में हूं। मुझसे नाराज़ मत हो। पहले भैया मुझे मार्ग बताते थे, अब तुम बताओ। मैं तो महामूर्ख हूं। मुझे कुछ भी ज्ञात नहीं है।" सुखदा चुपचाप खड़ी रही।

भगवती ने उसके पैरों पर गिरकर कहा, "भाभी, हम-तुम एक ही दशा में हैं। आओ, अपना-अपना दुःख बांटकर हलका करें। एक-एक आदमी हम दोनों का खो गया है। उसे कैसे पाएं? भाभी! मार्ग बताओ!"

सुखदा की आंखों में एक बूंद आंसू आकर ढरक गया। उसने कहा, "चलो, हम लोग उन्हें ढूंढ़ लाएं। पृथ्वी पर कहीं तो वे होंगे।"

भगवती कुछ उत्तर न दे पाया था। पीछे से द्वार खुला। उधर से एक आवाज़ आई, "अरे बावलिया, क्या कर रहा है?" दोनों ने चौंक कर पीछे फिरकर देखा, वह भगवती की मां है। उसके सारे अंग पर गंगा-रज लगी हुई है। रामनामी ओढ़े है। बगल में पोटली है, हाथ में माला है, और हंसते-हंसते कमरे में प्रवेश कर रही है। दोनों को काठ मार गया। पहले तो बुढ़िया ने समझा, बहू-बेटे में विनोद हो रहा है, पर भीतर घुसते ही ज्योंही उसकी दृष्टि सुखदा पर पड़ी, त्योंही बुढ़िया भौचक रह गई। उसके चेहरे का रंग ही बदल गया। उसने कहा, "यह क्या! तम लोग किवाड़ बंद किए यहां क्या कर रहे थे? और बह कहां है?"

भगवती सूख गया। सुखदा भी जड़ हो गई। बुढ़िया ने अपनी पोटली फेंककर कहा, "अरे बोल तो, बहू कहां है?"

भगवती ने भर्राए कंठ से कहा, "पीहर गई है।"

बुढ़िया चकित होकर बोली, "कब?"

भगवती ने कहा, "परसों।"

"कोई आया था क्या?"

"हां।"

एक क्षण बुढ़िया चुप रही, फिर क्रोध में बोली, “और यह यहां क्यों आई थी?”

भगवती चुप। वृद्धा डपटकर बोली, “बोल रे!”

भगवती नीची निगाह किए खड़ा रहा।

अब वृद्धा क्रोध में लाल होकर सुखदा की तरह घूमी, पर उसने देखा, सुखदा वहां नहीं है। वह सुयोग पाकर खिसक गई थी। फाटक से बाहर होते ही उसकी एक झलक वृद्धा ने देख ली। वृद्धा आपे से बाहर होकर बोली, “मेरे पूत के लच्छन तो मुझे मालूम भी नहीं थे!” इतना कहकर वह वहीं धरती पर बैठकर सांप की तरह फुफकारने लगी।

भगवती से न रहा गया। उसने कहा, “मां! ऐसा मत कहो। भाभी मेरी माता के समान है। मां, मेरा सर्वनाश हो गया है। सब सुनने के लिए पत्थर की छाती कर लो।” इतना कहकर वह मां की गोद में गिरकर बालक की तरह रोने लगा।

चौबीस

आज तीन महीने हो गए हैं। भगवती गांव-गांव भटकते फिरने पर भी किसी तरह प्रवीण का पता नहीं पा सका। उसे न कपड़ों की सुध थी, न शरीर की। न खाने की, न नहाने की। उसे प्रवीण की रट लगी हुई थी। और भगवान का नाम उसकी ज़बान पर था। हजामत उसकी बढ़ गई थी, और कपड़े बहुत ही मैले हो गए थे। लुटिया-डोर उसके कंधे पर थी, और धोती-अंगोछा बगल में।

दीये जल चुके थे। उसी समय एक छोटे-से स्टेशन पर उतरकर भगवती गांव की तरफ़ चला। गांव के किनारे एक बनिए की दुकान थी। उसकी दुकान पर चना-चबेना, गुड़-तेल, घी, मिर्च-मसाला, सब कुछ मिट्टी की हांडियों में सज रहा था। दुकान के सामने एक खाट पड़ी थी। उस पर दो-तीन किसान बैठे गपशप लड़ा रहे और गुड़गुड़ी पी रहे थे। भगवती धीरे-धीरे चलकर उसी दुकान के सामने जा खड़ा हुआ।

बनिये ने कहा, "क्या चाहिए?"

अजनबी बोला, "तुम्हारी दुकान पर कुछ खाने को भी है?"

बनिया बोला, "गुड़-चना है, और सत्तू है, और तो कुछ नहीं। तुम कहां रहते हो?"

भगवती ने कहा, "मैं शहर में रहता हूं। तुम चार पैसे का गुड़-चना दो।" इतना कहकर उसने चार पैसे उसके सामने फेंक दिए। बनिये ने तराजू-बाट संभाले। किसानों ने खाट पर एक ओर खिसककर कहा, "यहां आ जाओ। खड़े क्यों हो?"

भगवती ने सामने एक खाट पर बैठकर कहा, "मैं यहां बैठा हूं।" बनिये ने उसकी गोद में गुड़ और चने लाकर डाल दिए, और भगवती वहीं बैठकर उन्हें चबाने लगा।

चबाते-चबाते भगवती बोला, “तुम्हारे गांव में कोई ऐसी जगह, सराय, धर्मशाला या शिवाला भी है, जहां कोई बाहर का आदमी ठहर सके?”

एक किसान बोला, “पछांही तरफ़ एक बाबाजी की बगीची है। वहीं नदी भी है। बड़ा रमणीक आश्रम है। वहां सब तरह का आराम मिलता है।

भगवती बोला, “वहां क्या सबको ठहरने की इजाज़त है? क्या कुछ देना पड़ता है?”

बनिये ने कहा, “नहीं जी! वह तो बाबाजी का आश्रम है। लेना-देना क्या है! सुबह-शाम बड़ा आनंद रहता है। बहुत लोग दिसा-मैदान जाते हैं।”

अब भगवती ने और सवाल किया। पूछा, “क्या आजकल वहां कोई ठहरा है?”

मानो कोई कौतूहल की बात हो, इस प्रकार एक किसान बोल उठा, “हां-हां! एक आदमी वहां कुछ दिनों से रहता है। बाबा उस पर बड़ी दया रखते हैं।”

भगवती का कलेजा धड़कने लगा। वह बोला, “उसके साथ औरत भी है?”

किसान बोला, “है, है! उसकी बहन, दुबली-पतली।”

भगवती के माथे पर पसीना आ गया। वह बोला, “बच्चा भी है?”

“बड़ा सुंदर बच्चा है! तो तुम उसे जानते हो?”

भगवती ने व्यग्रता छिपाकर कहा, “शायद।”

बनिया बोला, “उसकी छोटी-छोटी दाढ़ी है।”

किसान ने कहा, “पागल-सा है। नंगे पैरों बच्चे को लिये फिरा करता है।”

तीसरा बोला, “पर बहुत पढ़ा हुआ है।”

पहले ने कहा, “तभी तो उसकी ऐसी अक्ल हो गई है!”

भगवती चने खा रहा था। उसका मुंह सूख गया। अब वह चने न खा सका। पर वहीं पूरी चेष्टा से मन के उद्वेग को छिपाए अंधेरे में बैठा रहा। दूर से एक व्यक्ति

आता दीख पड़ा। बनिये ने दबी ज़बान से कहा, "चुपचाप देखो, वह आ रहा है। वही बच्चा उसके कंधे पर है।"

भगवती उत्सुकता से आगे बढ़ती हुई उस मूर्ति को अंधेरे में पहचानने लगा।

धीरे-धीरे वह व्यक्ति आगे बढ़ा। दाढ़ी के बाल छः-छः अंगुल बढ़ रहे थे, बदन पर एक कुरता था। बच्चा उसके कंधे पर था। उसका चेहरा यद्यपि भगवती के सामने न था, फिर भी उसने पहचान लिया कि वही प्रवीण है। एकाएक उसका जी तिलमिला उठा, पर उसने मन को रोका, और बेचैनी दूर करने को चने खाने लगा। उसने यह बात लक्ष्य की कि गांव के लोग और बनिया भी उन्हें कुछ कौतूहल की दृष्टि से देखते और उनसे दिल्लगी करते हैं।

आते ही उन्होंने कुछ अजीब बेढंगे स्वर से कहा, "बताओ! तुमने मेरे बच्चे के लिए ताजा पेड़ा बनाया या नहीं?" बनिया कुछ मगरेपन से बोला, "साब, माफ करना! मैं भूल गया!" प्रवीण ने क्रोध से कहा, "और मैं तुमको पेशगी पैसे दे गया था।"

बनिये ने कहा, "खैर, पेड़ा कल बन जाएगा, तुम इसे आज गुड़ ही की डली दे दो।"

प्रवीण ने कुछ मूर्खता के ढंग से अकड़कर कहा, "तो क्या तुम्हें यह नहीं मालूम कि यह गुड़ नहीं खाता?"

बनिये ने मुस्कराकर कहा, "नहीं, हमें तो कुछ मालूम नहीं।"

प्रवीण मानो कुछ देर क्रोध में भरे खड़े रहे।

एक किसान ने कहा, "क्यों साब! यह बच्चा तुम्हारा है या तुम्हारी बहन का!"

प्रवीण उसकी तरफ़ बढ़े। उन्होंने बढ़कर क्रोध से कहा, "तुम इसकी पंचायत करने वाले कौन हो?"

दूसरे ने मगरेपन ही से बीच-बचाव करते हुए कहा, "चुप रहो जी! ऐसा क्यों बेचारे को कहते हो?"

प्रवीण ने उधर से रुख फेर बनिये से कहा, "तो लाओ, एक पैसे का गुड़ ही दो। झूठे कहीं के!"

बनिये ने गुड़ तोल दिया। प्रवीण बच्चे को उसी तरह कंधे पर चढ़ाकर अंधेरे की तरफ़ चले गए।

उनके पीछे ही उस गंवार-मंडली ने क़हक़हा लगाया। उस क़हक़हे को सुनकर एक बार प्रवीण ने पीछे फिरकर देखा, और चल दिए।

भगवती की आंखों में खून उतर आया। वह सोचने लगा, दूसरों को शिक्षा देने वालों की यह दशा हुई। ये गंवार उनका इतना अपमान करते हैं, पागल समझते हैं, और वे कुछ नहीं कर सकते!

उसने कुछ क्रोध से कहा, "तुम लोग इतना हंसते क्यों हो?"

बनिये ने हंसते-हंसते कहा, "हंसने की बात क्या कहूं! ये हज़रत कल दो पैसे पेशगी दे गए थे कि पेड़ा बना देना। अब तुम कहो कि दो पैसे का कितना मावा-बूरा आए, और कौन झमेला करे!"

भगवती कुछ बोला नहीं। वह बाकी गुड़-चना वहीं फेंक उसी ओर को चल खड़ा हुआ।

किसानों ने कहा, "तो क्या तुमने उसे पहचान लिया?"

भगवती ने कुछ जवाब न दिया। वह भी पीछे-ही-पीछे अंधकार में लीन हो गया।

पच्चीस

रात अंधेरी थी। तारों के प्रकाश में भगवती प्रवीण की परछाई के पीछे-पीछे चलने लगा। कुटिया बहुत दूर न थी, पर बीच में एक खेत को पार करना पड़ता था। कुटिया के निकट जाकर भगवती ने देखा जिस स्थान पर कुटिया है, वह कुछ ऊंचा है। उसके नीचे नदी बह रही है और उसके किनारे की रेती उस अंधेरे में चमक रही है। कुटिया के पास नदी कुछ मुड़ गई है। भगवती ने देखा, बड़ा ही सुंदर दृश्य है। वह उसे देखता और छिपता हुआ प्रवीण के पीछे-पीछे जा रहा था। दूर से कुटिया से टिमटिमाता प्रकाश आ रहा था।

कुटिया के पास पहुंचते ही प्रवीण ने पुकारा, "भैना! ललुआ को ले। सूअर-पाजी आते-आते ही सो गया। बनिये-बेईमान ने पेड़े आज भी नहीं बनाए। कल मैं ही बनाऊंगा।"

भगवती ने सुना, भीतर कोई प्रतीक्षा कर रही थी। उसने 'आती हूं' कहा, आकर बच्चे को लेकर भीतर चली गई। भगवती वहीं खड़ा हो गया। बहू के कुटिया में जाने पर प्रवीण सामने छप्पर के उसारे में जाकर बैठ गए। भगवती यह भी देखता रहा। थोड़ी देर में उठकर वे बाबाजी के पास आ बैठे। बाबा बड़े-बूढ़े थे, पर उनकी दाढ़ी-मूंछ बढ़ी हुई न थी। वे दुबले-पतले संन्यासी थे। उन्होंने हंसकर कहा, "कहो, बचुआ के लिए पेड़ा मिला क्या?"

प्रवीण ने उदासी से कहा, "कहां महाराज! यहां के बनिये बड़े दुष्ट हैं। मैं अब उसके यहां न जाऊंगा।" कुछ रुककर प्रवीण बोले, "अच्छा स्वामीजी! दोपहर की विचारधारा समाप्त कर डालिए। मैं यह कह रहा था कि पश्चात्ताप उत्तम है या दंड?"

संन्यासी ने स्थिर स्वर में कहा, "दंड।"

प्रवीण ने चौंक कर कहा, "दंड?"

संन्यासी ने दृढ़ता से कहा, "हां।"

प्रवीण बोले, "सो क्यों महाराज?",

"पश्चात्ताप में आत्मा का अपमान होता है, और मन को अभिमान। दंड में आत्मा की तुष्टि होती है और मन को ताड़ना।

प्रवीण का सिर फिर झुक गया। संन्यासी ने कहा, "अच्छा, अब जाकर सोओ।"

प्रवीण उठकर चले गए। भगवती चकित होकर सब व्यापार छिपे-छिपे खड़ा देखता रहा।

प्रवीण अपने उसारे में जा चटाई पर सो रहे। भगवती के कान में आवाज़ आई। किसी ने कहा, "भाई! गाय को छप्पर में बांध दो। उसे ओस लग जाएगी।" भगवती ने तुरंत पहचान लिया कि यह आवाज़ उसकी स्त्री की है। उसका हृदय उमड़ आया। फिर उसने देखा, आज्ञा के साथ ही निरालस्य प्रवीण ने उठकर गाय बांध दी है।

अब भगवती धीरे-धीरे आगे बढ़कर संन्यासी के निकट आया। संन्यासी ने कहा, "कौन?"

भगवती ने कहा, "महाराज! मैं अतिथि हूं। रात-भर को आश्रय चाहता हूं।"

संन्यासी ने ध्यान से देखते हुए कहा, "तुम कहां से आए हो?"

भगवती ने कहा, "कई स्थानों से घूमते-फिरते आ रहा हूं।"

बाबा बोले, "किस अभिप्राय से?"

भगवती चुप हुआ। बहाना करने का उसे साहस न हुआ, और न वह स्पष्ट कह सका। कुछ विचार कर वह बोला, "स्वामीजी! मैं एक आपत्तिग्रस्त आदमी हूं। रात-भर के लिए आश्रय दीजिए, प्रातःकाल सेवा में निवेदन करूंगा।"

संन्यासी ने आकाश की ओर देखकर कहा, "रात बहुत बीत गई है। अच्छा, चटाई पर जाकर सो जाओ; पर क्या तुम कुछ खाओगे नहीं?"

भगवती ने कहा, "नहीं महाराज! मैं खा चुका हूं।"

संन्यासी बोले, "दूध भी नहीं?"

"नहीं!"

संन्यासी ने आग्रह नहीं किया। भगवती सो गया। संन्यासी वैसे ही बैठे रहे।

छब्बीस

बड़े सवेरे उठकर भगवती ने सुना, बहू की कुटिया से चक्की की आवाज़ आ रही है। भगवती सोचने लगा, क्या बहू चक्की भी पीसने लगी है? वह उठकर बैठ गया। देखा, संन्यासी वहां नहीं हैं, और भी देखा, प्रवीण एक टोकरे में भुस भरते-भरते पुकार रहे हैं, "भैना! भैना उसे छोड़। ज़रा गाय को चोकर डाल तो, मैं धार निकाल लूं।" बहू बाहर आई? प्रातःकाल के अंधेरे में भगवती ने यह जानने की बहुत चेष्टा की वह किस अवस्था में है पर न जान सका। एकटक उसी तरफ़ देखने लगा। प्रवीण धार काढ़ने बैठे और बहू गाय के सामने खड़ी हो उसे चोकर खिलाने और माथा सहलाने लगी। भगवती का धैर्य जा रहा था, और वह कठिनता से मन रोके बैठा था। संन्यासी ने जंगल से लौटकर कहा, "क्या दिसा-मैदान नहीं गए?"

भगवती ने प्रणाम करके कहा, "अब जाता हूं।" इतना कहकर वह उठा और लोटा लेकर चल दिया।

स्टेशन बहुत दूर नहीं था। वह इधर ही आया। यहां आकर एक कार्ड उसने सुखदा को लिखकर छोड़ दिया। उसमें लिखा था: "भाभी!

भगवान ने सुन ली। भैया मिल गए हैं। सब कुशल हैं। उन्हें शीघ्र लेकर आता हूं।

-भगवती"

पेंसिल से झटपट कार्ड लिखकर और बम्बे में छोड़, भगवती शौच से निवृत्त हो धीरे-धीरे कुटी की तरफ़ लौटने लगा। उसका दिल धड़क रहा था, और पैर उठते न थे। प्रकाश अच्छी तरह फैल गया था। कुटी के ज्यों-ज्यों निकट वह आता था, त्यों-त्यों उसकी घबराहट बढ़ती जाती थी।

कुटी निकट आई। उसने देखा, कुएं पर एक स्त्री खड़ी पानी का डोल खींच रही है। रस्सी का हाथ खींचती बार उसका दुर्बल शरीर ज़ोर के मारे दोना हो-हो जाता है। यद्यपि भगवती की तरफ़ उसकी पीठ थी, पर उसने पहचान लिया कि यह बहू ही है। उसकी आंखों में आंसू आ गए। मैले वस्त्र, मैला शरीर और वह चक्की पीसती है, पानी भरती है; हाय! इतने काम यह कैसे करती है!

वह धीरे-धीरे चलकर उसके पीछे जा खड़ा हुआ। बहू को इसकी कुछ भी ख़बर न थी। वह अपना घड़ा भरकर उसे सिर पर जमाकर ज्योंही पीछे को मुड़ी कि आंखें चार हुईं। एक क्षण तो बहू ने नहीं पहचाना, पर दूसरे ही क्षण उसके सिर से घड़ा छूट गया, और उसके मुख से चीख निकल गई। वह चार क़दम हटकर कांपती खड़ी रही। संन्यासी ने आकर भगवती से कुछ रुष्ट स्वर में कहा, "भाई! यह तुम्हारा कैसा आचार है?"

पर जब उन्होंने देखा कि भगवती रो रहा है, तब वे एक बार बहू की तरफ़ और एक बार उसकी तरफ़ देखकर बोले, "मामला क्या है?"

भगवती और ज़ोर से रोने लगा। बहू अब तक बदहवास थी। संन्यासी बोले, "बेटी! डर क्या है? बोलो तो यह कौन है?"

बहू मुंह छिपाकर वहीं बैठकर रोने लगी। प्रवीण सामने से बछड़े को पानी पिलाने जा रहे थे। यह कांड देखते ही वे पहले तो उधर को लपके, पर तत्क्षण ही भगवती पर नजर पड़ते ही उनका शरीर सन्न हो गया। बछड़े की रस्सी उनके हाथ से छूट गई। वे कुटी के भीतर घुस गए। भगवती ने उसे देख लिया था। उसने देखा वे घर में भाग गए हैं। फिर देखा वे जेब से एक शीशी निकाल उसे मुख में उंडेलने का आयोजन कर रहे हैं। यह देखते ही भगवती 'सर्वनाश! सर्वनाश!' कहकर उधर लपका। पीछे-पीछे संन्यासी भी आश्चर्य से चले। भगवती ने जब तक पहुंचकर उनके हाथ को पीछे झटका दिया, तब तक आधी शीशी पेट में जा चुकी थी। उन्होंने हांफते-हांफते भगवती की ओर देखकर कहा, "भगवती! मुझे मारना मत! मैंने जहर खा लिया है। घड़ी-भर में मैं स्वयं मरा जाता हूं।"

भगवती में ताब नहीं थी। वह प्रवीण से लिपटकर "भैया! यह क्या किया।" कहकर ज़ोर-ज़ोर से रोने लगा।

संन्यासी की गंभीरता नष्ट हुई। उन्होंने चिल्लाकर बहू को पुकार कर कहा, "बेटी! बेटी! दौड़ो, अनर्थ हो गया। तुम्हारे भाई ने विष खा लिया।" उसके बाद वे स्वयं अपनी कुटी की तरफ़ लपके।

प्रवीण ने भगवती की ओर देखकर कहा, "भगवती! भगवान साक्षी हैं, बहू पवित्र है, पूर्ण पवित्र है, तुमसे हो सके तो उसे प्यार करना, नहीं तो क्षमा करके उसका मन अवश्य रखना!"

भगवती बोला, "मुझे सब मालूम हो गया। मैं तीन महीने से दर-दर भटक रहा हूं। आज तुम मिले, तो तुमने यह कांड किया। हाय, मैं भाभी को कैसे मुख दिखलाऊंगा! अरे कुछ औषध...स्वामी!..." इतना कहकर हक्का-बक्का हो चारों तरफ़ देखकर वह रोने लगा।

बहू ने भीतर प्रवेश करके कहा, "यह क्या किया!" प्रवीण ने एकटक बहू को ताक कर कहा, "भैना, तुम्हारी निर्दोषिता भगवती को मालूम है। अब लाओ, बच्चा मेरी गोद में दो।" बहू ने डबडबाई आंखों से प्रवीण को देखते हुए कहा, "यह क्या किया।" उसके बाद वह रो उठी।

अब संन्यासी ने अपनी झोली लेकर कुटिया में प्रवेश करके कहा, "तुम लोग घबराकर गड़बड़ मत करो। उपचार करो।" इतना कह एक औषध निकालकर उन्होंने प्रवीण को पिलाई। इसके अनंतर उन्होंने भगवती को एक तरफ़ ले जाकर कहा, "भगवान जो करेगा सो होगा। तुम अभी शहर को डाक्टर के लिए तार दे दो। विष निकालने का सामान और औषध लेकर, अभी जो गाड़ी आ रही है, उससे आ जाए।" भगवती दौड़ गया।

इसके बाद उन्होंने बहू से कहा, "देखो बेटी! बहुत-सा पानी गर्म करो। देखो, घबराओ मत। भगवान सब मंगल करेंगे पर सुनो तो, ये क्या तुम्हारे स्वामी हैं?"

बहू ने नीची गर्दन कर सिर हिला दिया, और पानी गर्म करने चली गई।

संन्यासी ने प्रवीण के पास पहंचकर कहा, "छि:! बेटा! संन्यासी के उपदेश पर इतना ही विश्वास किया?" प्रवीण ने संन्यासी के पैर छूकर कहा, "स्वामी क्षमा करिए, मुझमें साहस न था।"

संन्यासी ने कुछ न कहकर औषध की एक और मात्रा दी और पास बैठकर स्नेह से बोले, "तुम्हारी स्त्री है?"

प्रवीण ने डबडबाई आंखों से संन्यासी की ओर देखा।

संन्यासी बोले, "तो क्या वह तुम्हारे योग्य नहीं है?"

प्रवीण ने दुःख के साथ कहा, "मैं उसके योग्य नहीं था?"

"तो उसका कुछ अपराध था?"

"नहीं।"

"तब उसे क्यों त्यागा?"

"कर्तव्यवश।"

"किसके प्रति?"

"इस स्त्री के।"

"किस स्त्री के? तुम्हारी बहन के?"

"हां, मेरी इस पर कुदृष्टि थी।"

संन्यासी चकित होकर उनकी ओर देखने लगे। प्रवीण ने कहा, "भवगती मेरा बालसखा है।"

संन्यासी चुप रहे। प्रवीण ने कहा, "परंतु यह पवित्र है, भ्रमवश भगवती ने इसे घर से दुर्दशापूर्वक निकाल दिया था।"

संन्यासी अब भी न बोले, चुपचाप सुनते रहे। प्रवीण ने कहा, 'मैंने इसकी रक्षा की, और अब तक की। अब भगवती ने इसे क्षमा कर दिया है।"

संन्यासी बोले, "और तुम्हें?"

"शायद मुझे भी।"

"तब तुमने विष क्यों खाया?"

"पहले खा चुका था। तब यह बात मुझे मालूम न थी। मैंने मानसिक पाप किया था, जिसका यथेष्ट दंड भोगा। अनुताप मैंने किया। अब मैं अपराधी की तरह मरना न चाहता था। मैंने समझा भगवती पाते ही मुझे मार डालेगा।"

संन्यासी बोले, "क्यों?"

"इसलिए कि मैं उसकी स्त्री को ले भागा हूं।"

"पर तुम तो उसे बहन कहते हो?"

"मुझे विश्वास था वह यह बात नहीं जानता है।"

"और अब?"

"शायद भगवती जान गया है।"

संन्यासी ने कुछ न कहकर औषध की एक मात्रा तैयार करके कहा, "पी लो।"

प्रवीण ने कहा, "क्या इससे कुछ होगा?"

संन्यासी बोले, "अब क्यों मरते हो?"

प्रवीण बोले, "अब तो वश से बाहर की बात हो गई। पर स्वामिन्! मुझे विशेष कष्ट नहीं हो रहा है?"

संन्यासी ने प्रवीण की पीठ पर हाथ फेरकर कहा, "बेटा! क्या तुम्हें मालूम नहीं है कि हिंदू स्त्रियां विधवा होकर जीते-जी नरक में पड़ जाती हैं? वे अंधी तो होती ही हैं, उनकी लकड़ी भी छिन जाती है।"

प्रवीण रोने लगे! अब उनकी वेदना बढ़ने लगी थी। उन्होंने कहा, "स्वामिन्! विष अपना काम कर रहा है। बच सकूँ, तो बचाना; मैंने अपनी स्त्री को कभी सुख नहीं दिया।" इतना कहकर वे बड़ी ही मर्मभेदिनी दृष्टि से संन्यासी की ओर देखने लगे। संन्यासी ने दवा पेट में उतार दी।

उनकी भृकुटि में बल पड़ गया। वे बोले, "तम अवश्य जीओगे! तुम मर्द हो न! साहस करो। ज़रा उठकर टहलो तो। ऐसा कर सकोगे?"

प्रवीण उठने लगे, पर उठ न सके। संन्यासी ने और समय नष्ट न करके उन्हें उठा लिया और सहारा देकर टहलाने लगे।

बहू ने आकर कहा, "गरम पानी तैयार है।"

संन्यासी बोले, "लोटा भर-भरकर इसके कंधे और गर्दन पर छींटे देती चल।"

प्रवीण के पैर लड़खड़ा रहे थे। उन्होंने मानो कुछ नींद में कहा, "महाराज, अब न बचूंगा।"

संन्यासी बोले, "मन में कमज़ोरी मत लाना। अपनी स्त्री के भाग्य से तुम अवश्य बचोगे। सावधान! शरीर को सतेज बनाए रहो।" इतना कहकर उन्होंने और भी तेजी से घुमाना शुरू किया। बहू बराबर पानी छिड़क रही थी। अभी तक प्रवीण देख और बोल सकते थे, अब उनकी यह संज्ञा भी नष्ट होने लगी।

भगवती ने स्टेशन से लौटकर कहा, "डाक्टर आ रहे हैं।" प्रवीण ने एक बार अपनी आंखें खोलकर और शक्ति बटोरकर कहा, "भगवती! जितना तुम्हारा ख्याल था, मेरा उतना अपराध नहीं था, और इसका तो बिलकुल नहीं था। जितना था, उसका दंड भोग लिया है, और अब प्रायश्चित करता हूं। पर तुम इस पर भी मुझे क्षमा न कर सको, तो मेरी दुर्जनता का अनुकरण मत करना। मेरी स्त्री दुखिया है। उसका ध्यान रखना। भैना, तुमसे मुझे बहुत आशा है। और सुखदा के रहते माता की मुझे कुछ भी..." इसके बाद उन्हें हिचकियां आने लगी, और इसके पांच ही मिनट बाद वे बेहोश हो गए। बहू और भगवती ने घबराती दृष्टि से संन्यासी की ओर देखा। संन्यासी ने दृढ़ता से ऊंचे स्वर में कहा, "कुछ चिंता नहीं। तुम इसे पकड़कर डुलाते चलो।" भगवती उन्हें डुलाता रहा, और बहू पानी छिड़कती रही। प्रवीण बिलकुल बेहोश थे। उनका सिर कंधे पर लटक गया था। एक घंटा बीत गया। रेल आ गई। भगवती डाक्टर को देखने चला। उसने देखा, डाक्टर दो परिचारकों के साथ उसे खोज रहा है।

भगवती ने कहा, "जल्दी आइए! वहां तो सब खत्म ही हुआ जाता है।"

आकर डाक्टर ने रोगी की नाड़ी देखी। हृदय देखा। फिर बोले, "नाड़ी की चाल 160 है। टहलना बंद कीजिए, वरना हार्ट फेल हो जाएगा।" प्रवीण को लिटा दिया गया। डाक्टर ने आंखों को देखकर कहा, "बचना कठिन है। क्या विष खाया था?"

शीशी घर में थी। उसमें अब भी सफ़ेद-सफ़ेद गाढ़ी-सी दवा थी। डाक्टर बोले, "ओफ! माफिया! तब क्या यह शीशी भरी थी?"

इतना कह बिना उत्तर की प्रतीक्षा किए उन्होंने पिचकारी तैयार कर दाहिने हाथ पर लगा दी। इससे निश्चित होकर वे कहने लगे, "कितनी देर हो गई विष खाए?"

भगवती ने कहा, "तीन घंटे! आश्चर्य की बात है। इतने विष से तीन घंटे में हाथी भी नहीं बच सकता!"

संन्यासी ने गंभीरतापूर्वक कहा, "डाक्टर साहब! दवा दो, रोगी बच जाएगा।"

भगवती ने कहा, "स्वामीजी ने औषध दी थी। अब तक उसी से चला।"

डाक्टर ने ध्यान से संन्यासी को देखा। धीरे-धीरे समय जाने लगा। प्रवीण को जगाते रहने के यत्न जारी थे। आधे-आधे घंटे पर पिचकारी लग रही थी। संध्या हुई, रात आई, और गंभीर होने लगी। उसके साथ ही प्रवीण की मूर्छा भी गम्भीर होने लगी। उनका मुख काला पड़ गया, और उस सन्नाटे में घड़ी की खट-खट के साथ उनके कलेजे की धड़कन मालूम होती थी। डाक्टर बड़ी ही सतर्कता से ठीक टाइम पर पिचकारी देते थे। संन्यासी चुपचाप बैठे थे और भगवती तथा बहू डाक्टर की आज्ञा की राह में तत्पर खड़े थे।

सत्ताईस

तीन बजे संन्यासी ने आकर कहा, "रोगी का हाल क्या है?" डाक्टर ने कहा, "अपूर्व है। ऐसा कहीं नहीं देखा था। न प्राण निकलता है, न हार्टफेल होता है, और न रोगी होश में आता है।"

संन्यासी बोले, "तुम्हारे उपचार में कोई हानि न हो तो एक मात्रा हमारी और दे दो।"

डाक्टर बोले, "आपकी मात्रा से रोगी के प्राण बच सकें तो दीजिए। हमारी क्या हानि? मैं किसी आशा से यह सब नहीं कर रहा हूं, वरन् मेरा कर्तव्य है कि प्राणांत तक या होश में आने तक बराबर पिचकारी लगाए जाऊं।"

संन्यासी ने मात्रा दी, फिर वे बोले, "क्या अब तुम एक दस्त लाना नहीं पसंद करते?"

डाक्टर बोले, "मुझे भय है, क्योंकि मूर्छा गहरी है।"

संन्यासी बोले, "कोई चिंता नहीं, तुम दस्त कराओ।" डाक्टर ने एनीमा दिया, पर पानी पेट में ही रह गया। बाहर निकला नहीं।

डाक्टर बोले, "यह तो और भी बुरा हुआ। इसी से मैं डरता था। अब श्वास बढ़ जाएगा।"

संन्यासी विचारने लगे। कुछ ठहरकर बोले, "थोड़ा पानी और चढ़ाओ।"

वही किया गया। रोगी के कराहने की आवाज़ निकली। देवदूत की ध्वनि के समान सबने सुना। तुरंत ही बड़े जोर से भयंकर दुर्गंधित दस्त हुआ। संन्यासी प्रसन्न होकर बोले, "जय जगदीश हरे! अब इसके पेट पर गर्म पट्टी बांध दो जिससे पेट में वायु न भरे! डाक्टर • साहब! रोगी मरेगा नहीं।"

डाक्टर साहब ने कहा, "टाइम तो निकल गया है।"

संन्यासी बोले, "मैं एक मात्रा और दूंगा। तुम भी पिचकारी लगाओ। तुम्हारी पिचकारी विष को बाहर निकालती है क्या?"

डाक्टर ने कहा, "नहीं।"

संन्यासी बोले, "तब विष को निर्वीर्य कर देती है?"

डाक्टर ने सिर हिलाकर कहा, "जी हां, इससे विष भीतर-ही-भीतर मिट्टी हो जाता है।"

संन्यासी बोले, "ठीक है। यही काम मेरी औषध का भी है।"

डाक्टर ने चकित होकर कहा, "महाराज! आप तो बड़े भारी वैद्य हैं!"

संन्यासी ने हंसकर कहा, "तो हमें तुम कितनी तनख्वाह दिला सकते हो?"

डाक्टर भी हंसे। भगवती को हंसी अच्छी नहीं लगी। उसने व्यग्रता के स्वर में कहा, "डाक्टर साहब! कुछ भी आशा है?"

डाक्टर बोले, "साक्षात् धन्वंतरि के समान सिद्ध वैद्य जब हैं, तब आशा अच्छी ही है। मैं तो इस पर ही आश्चर्य करता हूं कि अब तक रोगी सांस कैसे ले रहा है।"

संन्यासी चिल्ला उठे, "जय जगदीश हरे! वह देखो, रोगी ने आंखें चलाईं।"

डाक्टर ने प्रसन्नता से कहा, "रोगी होश में है।"

बहू और भगवती दोनों झपट पड़ीं। भगवती ने कहा, "भैया! भैया! हाय! तुम कैसे हो गए!"

प्रवीण ने दोनों को देखा, पर कुछ न कहा, न कुछ बोले।

डाक्टर बोले, "अब कोई चिंता नहीं, पर अभी सिर की दशा अच्छी नहीं है।" इसके बाद वे औषध की चिंता में लगे।

रात बीत गई। प्रभात हुआ। प्रवीण ने नेत्र खोल दिए, किंतु उन्हें ज्ञान बिलकुल न था। वे कभी-कभी भुनभुना उठते थे। इतने पर भी प्राण-रक्षा देखकर सबके आनंद की सीमा न रही।

डाक्टर ने कहा, "यह दूसरा रोग हुआ। कुछ-कुछ उन्माद के लक्षण दीख पड़ते हैं। इलाज में देरी लगेगी, और मैं ठहर नहीं सकता।"

संन्यासी के कुछ क्षण सोचकर कहा, "प्राण-रक्षा हो गई। अब रोगी को उसकी स्त्री की सेवा में ले जाओ, वहां कल्याण होगा।"

संन्यासी की आज्ञा पालन की गई। सब कोई संन्यासी के चरणों में सिर नवाकर चले। चलती बार बहू बहुत रोई। वीतराग संन्यासी की आंखों में आंसू आ गए। उन्होंने कहा, "बेटी! जन्म-भर सौभाग्यवती रहो! भगवान तुम्हें सुखी रखेंगे।" फिर हंसकर कहा, "पर अब हमें गरम रोटी नहीं मिलेंगी।"

बहू ने कहा, "महाराज! मुझे जन्म-भर न यहां से जाने की इच्छा थी, न विश्वास था। पर विधाता का विधान बड़ा अद्भुत होता है। महाराज! क्या भाई अच्छे हो जाएंगे?"

संन्यासी बोले, "उसकी बहुत आयु है। अच्छा अब जाओ। संन्यासियों से बहुत मोह मत बढ़ाओ।".

बहू ने चलते-चलते कहा, "महाराज! मेरी गैया की सुध रखना।"

संन्यासी मुस्कराए। तीन महीने रहने पर ही बहू को उस कुटिया से ऐसी ममता-ऐसा प्रेम हो गया था कि उस स्थान को छोड़ते उसके कलेजे पर सांप लोटने लगा।

अट्ठाईस

सुखदा के सब बहाने व्यर्थ गए। सास ने थोड़ा खिचड़ी-दलिया जो परोस दिया, उसे चुपचाप खाना पड़ा। वह ग्लानि के मारे मरी जाती थी, बात मुंह से नहीं निकलती थी, अभक्ष्य की तरह कौर मुंह से निकल-निकल पड़ता था। पर सुखदा ने अपनी प्रतिज्ञा तोड़ दी। सास का दुःख उससे देखा न गया। वह सास को सुखी करने के लिए बड़ी कठिनाई से खिचड़ी के नरम ग्रासों को गले से उतारने लगी। लज्जा और क्रोध से उसका मुंह लाल हो गया। रुलाई गले तक आ गई। पर वह रोई नहीं।

भोजन समाप्त नहीं हुआ था। प्रत्येक ग्रास मुंह में रखकर सुखदा सोचती थी, 'इतने से क्या सास को संतोष हो जाएगा? अच्छा, और दो-एक ग्रास सही।' द्वार पर खड़-खड़ हुई। सुखदा के कान खड़े हुए। उसने मुंह चलाना बंद करके कहा, "कोई है क्या?"

वृद्धा ने रसोई से बाहर झांक कर कहा, "कौन होता, कोई नहीं है।" इतना कहते ही कहते बुढ़िया ने एक सांस ली, और फिर एक चमचा खिचड़ी परोसने लगी। सुखदा कहती थी कि 'नहीं, नहीं, अब नहीं! पर अवकाश नहीं मिला। द्वार पर से ऊंची आवाज़ आई, "खोलो, खोलो!"

सुखदा के शरीर के रक्त की गति रुक गई। उसने सोचा, 'क्या व्रत सफल हुआ? क्या स्वामी आ गए? हे भगवान्! क्या स्वामी आ गए?'

वृद्धा ने जाकर द्वार खोला। भगवती ने लपक कर, भीतर घुसकर कहा, "खाट बिछाओ खाट!"

सुखदा थाली छोड़ खड़ी हो गई। वृद्धा ने पूछा, "बता तो कह क्या हुआ?"

भगवती ने परेशानी के स्वर में कहा, "भैया बीमार हैं।"

सुखदा का शरीर सौ मन का हो गया। पसीना नाले की तरह बह निकला।

बुढ़िया ने घबराकर कहा, "कहां है?"

भगवती ने कहा, "बाहर गाड़ी में।"

बुढ़िया बाहर दौड़ी। सुखदा भीतर चली। अब वह हृदय थामकर द्वार की ओर देखने लगी। उसने देखा, दो आदमी हाथों हाथ उठाकर स्वामी को ला रहे हैं। सारा शरीर दुपट्टे से कसकर बंधा है। लोगों ने लाकर उन्हें खाट पर लिटा दिया। गम-गम कई आदमी भीतर घुस आए। सुखदा किनारे पर हटकर खड़ी हो गई। डाक्टर साथ थे। सब ठीक होने पर भगवती ने कहा, "डाक्टर साहब, अब?"

डाक्टर ने कहा, "बस अब संभाल रखना तुम्हारा काम है। होश में आने पर बकें-झकें और गड़बड़ करें, तो चारपाई से कस देना। दवा जरूर टाइम पर पेट में पहुंचनी चाहिए, और देखो, हर वक्त एक आदमी पास जाकर रहे। वे आपे में तो है ही नहीं, न जाने कब खिड़की से गिरकर हाथ-पैर तोड़ बैठें।"

सुखदा और उसकी सास तो कुछ भी नहीं समझीं। सुखदा दम घोटे, सांस की गति को रोके एक कोने में खड़ी थी। बुढ़िया ने कातर होकर कहा, "अरे! मुझे बताओ तो, मेरे लाल को क्या हो गया? उसके हाथ-पांव तो खोल दो।"

भगवती ने सब बात खोलकर कहना ठीक नहीं समझा। उसने कहा, "मां, घबराओ मत। भैया जल्दी अच्छे हो जाएंगे।"

इतना कहकर वह फिर डाक्टर से बात करने में व्यस्त हो गया। बुढ़िया पुत्र का सूखा और मूर्छित मुंह देखकर उस पर हाथ फेर-फेरकर रोने लगी। डाक्टर बाहर आ गए। सुखदा स्वामी के पैरों के पास चुपचाप खड़ी हो गई। वृद्धा ने कहा, "बह देखा, मेरा बच्चा कैसा हो गया? हाय! कैसे कसकर हाथ-पांव बांध रखे हैं। बहू, ज़रा हाथ तो खोल।" इतना कहकर वह गांठ खोलने लगी। बहू ने भी योग दिया। सुख और आराम पाकर प्रवीण की मूर्छा जागी। पहले उन्होंने विस्मय से इधर-उधर देखा। फिर एक क्षण वृद्धा की तरफ़ ताका। वृद्धा ने प्यार से उनके मुख पर हाथ फेरकर कहा, "मेरे लाल, तुम कहां चले गए थे!"

प्रवीण ने मानो कुछ नहीं सुना। उन्होंने कहा, "पानी..."

सुखदा दौड़ी गई। गिलास भर लाई। लजाती हुई स्वामी के सामने खड़ी हो गई।

प्रवीण पानी लेने को उठे। पहले उन्होंने घूरकर सुखदा को ताका। फिर मुस्कराए। जन्म-कर्म में स्वामी की चिर-वियोग के बाद मिलन में ऐसी चाह की दृष्टि और मुस्कराहट देखकर सुखदा लाज में डूब गई। उसके गालों पर लाली दौड़ गई। आंखें धरती में गड़ गईं एकाएक प्रवीण ने अट्टहास किया। सुखदा ने चौंक कर देखा, स्वामी के गले की नसें फूट गई हैं, चेहरा स्याह हो गया है, और आंखें भयंकर रूप से, बाहर को निकली पड़ती हैं। वह डर गई। डरते-डरते उसने गिलास का हाथ आगे को सरका दिया। प्रवीण ने वेग से झपटकर, सुखदा का गला पकड़कर दबा डाला। सुखदा चीख उठी। गिलास हाथ से छूट गया; वृद्धा 'दौड़ो, दौड़ो', करके बाहर को भागी।

तुरंत ही डाक्टर और भगवती दौड़े आए। उन्होंने बलपूर्वक दोनों हाथों से सुखदा को छुड़ाया। प्रवीण का वेग कुछ कम हुआ। वे एक-दो मिनट हांफते-हांफते खड़े ही रहे। पीछे कटे वक्ष की तरह खाट पर गिर गए। सुखदा भी बेहोश हो गई थी। डाक्टर उसकी सुश्रूषा में लगे। भगवती ने फिर उनके हाथ-पांव बांध दिए। सुखदा तुरंत ही संभल कर उठ बैठी। बुढ़िया तो हतबुद्धि की तरह यह लीला देख काठ हो गई।

कुछ ठहरकर बुढ़िया ने भगवती से कहा, "कहो तो मेरे लाल को हुआ क्या?" भगवती ने एक दृष्टि सुखदा पर डाली। पर वह उस करुणता को देख न सका। उसने नीची नज़र करके कहा, "भैया का सिर फिर गया है पर कुछ डर नहीं। डाक्टर साहब ने कहा है कि जल्दी ही आराम हो जाएगा। तम इन्हें खोलना मत।"

वृद्धा ने छाती पीटकर कहा, "मेरा लाल अंत में पागल हो गया! यह भी हुआ! मेरा बचुआ पागल कैसे हुआ? हाय, अब क्या होगा!"

भगवती ने रुंधे कंठ से कहा, "मां, खतरे का समय तो निकल गया। भैया ने जहर खा लिया था।"

अब सुखदा से न रहा गया। वह आगे बढ़ आई। उससे कुछ पूछा तो न गया, पर उसकी आंखों में उद्वेग को देखकर भगवती उसके प्रश्न को समझ गया। धीरे-धीरे भगवती ने सब कथा कही। वृद्धा तो रोने और बकने लगी, पर सुखदा ने एक लंबी सांस खींचकर कर्तव्य की ओर पग बढ़ाया, और धोती का गाछा कसकर रोगी की सेवा के कठिन कार्य में तत्पर हुई। उसने भगवती से कहा, "अच्छा तुम जाओ, खाओ और आराम करो।"

भगवती ने कहा, "न, डाक्टर ने कह दिया है, यह न होगा। मैं भैया को न छोड़ सकूँगा।"

पर भगवती को सुखदा के सामने हार ही खानी पड़ी।

उन्तीस

प्रातःकाल जब भगवती अपने घर पहुंचा, तो देखा, घर स्त्रियों से भर रहा है। स्त्रियां बुढ़िया के कान खाए जाती हैं। बुढ़िया न तो किसी को धमका सकती है, न समझा सकती है। बहू वहां नहीं है, वह अपने कमरे में ऊपर द्वार बंद किए पड़ी है। कई स्त्रियां साहस करके उसे बुलाने गईं, पर वह नहीं आई।

भगवती की मां चुपचाप खड़ी थी। उसके मुंह से बात नहीं निकलती थी। भगवती को देखकर रो उठी। भगवती ने एकत्र हुई स्त्रियों को झिड़क कर कहा, "मां का मगज मत खाओ! सब अपने-अपने घर जाओ!" झिड़की सुनकर सब चल दीं।

बुढ़िया ने रोते-रोते कहा, "मेरे कुल में दाग लग गया! अब मैं अपने घर कैसे किसी को मुंह दिखाऊं।"

भगवती ने बैठकर धीरे-धीरे सब बात कह सुनाई। इसके पीछे भगवती उठकर बहू के कमरे में गया। बहू चारों तरफ़ से किवाड़ बंद किए बैठी थी। भगवती के पहुंचते ही उसने व्यग्रता से पूछा, "वे कैसे हैं?"

भगवती ने एक तीक्ष्ण दृष्टि से स्त्री की ओर ताककर कहा, "रात को दो-एक बार उसी तरह चिल्लाकर ज़ोर से हंसते रहे। एक बार हाथ खुले पाकर भाभी का गला दबा डाला था।"

बहू ने कहा, "तब चलो, वहीं चलें। अकेली जीजी क्या कर लेंगी?"

भगवती ने देखा उसकी दृष्टि में न लज्जा थी न संकोच। वह लज्जाशील बहू आज कर्तव्यपरायण गृहिणी बन गई थी। उसने पति के भाव और दृष्टि की कुछ परवाह न कर कहा, "तुम ठहरो, मैं हाथ-मुंह धो आऊं, तब चलेंगे।"

इतना कहकर बहू आकर झटपट जरूरी कृत्यों से निबटकर तैयार हो गई।

थोड़ी देर में मां ने देखा, उसकी बहू और बेटा, दोनों बाहर जा रहे हैं। न सलाह, न मशविरा। वह मानो घर में नहीं है-उनकी मां तथा सास ही नहीं है। मान का मौका नहीं था। अंत में उसने कहा, "कहां जाते हो?"

भगवती ने कहा, "भैया के घर, उनकी तबीयत बहुत ही खराब हो।"

वहां पहुंचकर भगवती ने कहा, "भाभी, क्या दवा अभी तक नहीं दी?"

सुखदा ने नीची नज़र किए, धीरे से कहा, "न।"

बहू ने आगे बढ़कर कहा, "लाओ, मुझे दो।"

इतना कह उसने हाथ बढ़ाकर प्याला ले लिया। सुखदा के शरीर में सनसनाहट हो गई। उसके मन में इनकार करने की थी, पर इनकार न कर सकी। वह कुर्सी से उठकर खड़ी हो गई। बहू ने कुर्सी पर बैठकर, चम्मच में दवा लेकर कहा, "लो, दवा पी लो।"

प्रवीण ने उधर न देखा। वे छत की तरफ़ ताक कर हंसते रहे।

बहू ने डपटकर कहा, "दवा पी लो!"

अबकी बार प्रवीण ने उधर देखा। आंखें सिकोड़ कर देखा। फिर रोनी सूरत बनाकर कहा, "ना, ना, मारना मत। मैं काली गऊ हूं!"

बहू ने कहा, "दवा पिओ।"

इतना कहकर दवा का चम्मच मुंह में लगा दिया। दवा गले से उतर गई। उसके पांच मिनट बाद ही उन्हें नींद या बेहोशी ने धर दबाया।

सुखदा धरती में गड़ गई। उसके शरीर में पसीना आ गया। उसने सोचा, इस उन्मत्त दशा में भी इसका इतना प्रभाव! उसने एक बार रोष-भरी दृष्टि से उसकी ओर देखना चाहा, पर देख न सकी।

बहू ने, कुर्सी से उठकर कहा, "जीजी, अब तुम हाथ-मुंह धोकर कुछ खा-पी लो। यहां ये बैठे हैं। चलो तुम्हारे साथ मैं चलूं।"

सुखदा अब भी बहू के मुख की ओर न देख सकी। उसने नीचे-नीचे ताक कर धीमे स्वर में कहा, "भीतर जाओ, अम्माजी हैं। मुझे तो अभी कुछ इच्छा नहीं है।"

बहू ने उसके दोनों हाथ पकड़कर कहा, "तो क्या जीजी, मैं तुम्हारे घर में भूखी रहूंगी? चलो, भीतर चलो।"

सुखदा बात बढ़ाना नहीं चाहती थी। वह भीतर गई। भगवती ने उधर देखा, और एक सांस ली।

बहू ने कहा, "मैं शौच से निबट आई हूं, तुम भी हो आओ।"

सुखदा ने कहा, "अभी मुझे हाजत नहीं है।"

बहू की तत्परता ठंडी हो गई। उसने एक उदास दृष्टि से सुखदा को देखा। वह उसकी ओर नहीं ताक रही थी। बहू उदास हो गई। उसने सुखदा के दोनों हाथ पकड़कर कहा, "जीजी, मुझसे नाराज़ हो?"

सुखदा चुप रही। बहू ने उसके हाथ अपनी तरफ़ खींचकर कहा, "जीजी, तुम्हें मेरी कसम, कहो तो!"

सुखदा को कसम खाने या सुनने का अभ्यास नहीं था। वह घबरा गई। कैसी विडंबना है!

जिसके कारण इतना हो चुका, उससे सुखदा नाराज भी न हो? वह चुप रही! बहू हाथ पकड़े हुए थी। सुखदा ने देखा, बहू के हाथ कांप रहे हैं। उसने डरते-डरते बहू के मुंह की ओर देखा-हैं! यह क्या? बहू तो रोती है। और भी देखा, वह सुंदर मुख कुम्हला कर अत्यंत दुर्बल और पीला पड़ गया है। उसने कहा, "रोती क्यों हो? मैं तुमसे नाराज नहीं हूं।"

पर बहू के धीरज का बांध टूट गया। वह गाय की तरह डकराकर सुखदा के पैरों पर लोट गई।

सुखदा ने घबराकर कहा, "ऐसा क्यों करती हो? उठो, उठो!"

पर बहू उठी नहीं। सुखदा ने बैठकर उसे गोद में उठाया। बहू सिसक-सिसक कर रो रही थी। सुखदा भी रो उठी। रोते-रोते ही उसने बहू के आंसू पोंछे। उसके

हृदय का मैल और ग्लानि घुल गई। उसने कहा, “बहन, सब कर्मों का दोष है! जो हुआ सो हुआ, अब तुम मत रोओ।”

बहू ने सिसकियां लेते-लेते कहा, “जीजी, यदि मैं कुछ भी पापिन होती तो ईश्वर जानता है, तुम्हें मुंह न दिखाती। वे मेरे भाई और मैं उनकी बहन हूं।”

सुखदा से न रहा गया। उसके आंसू उमड़ पड़े। वह बोली, “चलो कुछ खा लो। तुम कब की भूखी हो!”

बहू सुखदा की गोद में मुंह छिपाकर रोती रही। सुखदा का अत्यंत उदार करुण हृदय करुणा से भर गया। वह हर तरह उस समय बहू को सांत्वना देने की चेष्टा करने लगी। वह थोड़ी मिठाई और एक गिलास जल ले आई, पर बहू ने धरती से सिर न उठाया। सुखदा ने प्यार से उसे गोद में उठा लिया, मुंह पोंछा और अनुनय से खाने का अनुरोध किया। जिस सुखदा ने कभी कसम नहीं खाई थी उसने अपने सर की कसम देकर बहू से खाने का अनुरोध किया। बहू खाने बैठी। उसने पहला ग्रास उठाकर सुखदा के मुंह में दिया। सुखदा इनकार न कर सकी। उसने भी एक टुकड़ा उठाकर बहू के मुंह में दिया। बहू ने एक बार आंख उठाकर सुखदा की ओर देखा। सुखदा के नेत्रों से प्रगाढ़ प्रेम बरस रहा था। बहू ने वह टुकड़ा खा लिया। मैत्री की हद हो गई। दोनों ने एक ही थाली में-एक-दूसरे के हाथ से-खाया, और एक ही गिलास में पानी पिया। कदाचित् ही किसी प्रेमी ने ऐसे प्रेम से सहभोज किया होगा। उसी सहभोज के साथ उनका मनोमालिन्य भी मिट गया। दोनों फिर साफ़ हो गईं। बहू ने सुखदा को पूज्य दृष्टि से और सुखदा ने बहू को वात्सल्य दृष्टि से देखा। दोनों के आंसू सूख गए। खा-पीकर दोनों उठ गईं। दोनों की छातियों में मिलकर अपूर्व प्रेम का स्रोत बह रहा था।

तीस

श्रावणी पूर्णिमा थी। घर-घर त्यौहार था। आकाश में बादल थे, और कभी-कभी बूंदें पड़ जाती थीं। प्रवीण की दशा आज बहुत खराब थी। कई दिन से उन्हें ज्वर हो गया था। वही ज्वर निरंतर तेरह दिन खूब तेज रहा। ज्वर के वेग को कम करने के लिए बड़े-बड़े उपचार किए गए पर व्यर्थ हुए। इस उत्ताप की तेजी में प्रवीण निस्संज्ञ की तरह बड़बड़ाते, बकते और किसी को भी न पहचानते थे। उन्माद-रोग मानो चला गया था। क्योंकि न नेत्रों में वैसा टेढ़ापन था, और न वैसी भयंकर हंसी ही। यह सिर्फ सन्निपात की बड़बड़ाहट थी। सुखदा सात दिन से बिना आहार किए स्वामी के सिरहाने बैठी है। उसकी सास ने, बहू ने और भगवती ने हज़ार मिन्नतें कीं, खुशामद की, और ज़िद की, पर सुखदा न खाने के लिए उठी, न सोने को, न शौच आदि को ही। वही मैली धोती, वही मैला मुख वही सूखी निस्तब्ध आंखें और सबके ऊपर कर्तव्यपरायण शरीर। सुखदा सुनती थी केवल डाक्टर की बात, और मानती भी थी डाक्टर की बात। सब थकते थे, पर सुखदा नहीं थकती थी। सब रोते थे, पर सुखदा नहीं रोती थी। सब किंकर्तव्यविमूढ़ होते थे, पर सुखदा नहीं होती थी। वह एक मन, एक वचन, एक प्राण से पतिसेवा में लगी थी।

रात को तबीयत बहुत खराब थी पर सुबह चार बजे ही से पसीना आना शुरू हुआ। डाक्टर बुलाया गया, पर वह उस समय आया नहीं। सुखदा थर्मामीटर से ज्वर नाप रही थी। पसीने का वेग बढ़ने लगा, और रोगी की बकवाद शिथिल पड़ने लगी। कपड़े पर कपड़े तर होने लगे और रोगी की संज्ञा मानो बहुत दूर चली गई। मानो बहुत दूर से वह बोल-सुन रहा था। सुखदा से न रहा गया। उसने अंत में उठकर सास को जगाया। बुढ़िया चादर से शरीर ढांककर, उस प्रभात के अंधेरे में भगवती को बुलाने गई। रोगी के हाथ-पांव ठंडे पड़ने लगे। वृद्धा ने और भगवती ने भी

लौटकर देखा, भविष्य-भय की आशंका से दोनों पीले पड़ गए। दोनों ने एक-दूसरे को देखा। भगवती ने सिर नीचा कर लिया। वृद्धा 'हाय' कहकर रो उठी।

सुखदा ने कड़ककर कहा, "ख़बर दार जो आंसू बहाए। अजवायन और सोंठ लाओ, और अंगीठी में झट-पट कोयले जलाओ।"

इतना कहकर वह फिर जल्दी-जल्दी पसीना पोंछने लगी। अबकी बार उसने देखा, घुटनों तक पांव ठंडे ओले हो गए हैं। टेंपरेचर 96 से नीचे हो रहा है। उसका कलेजा धक्-धक् करने लगा। उसने रोगी की छाती पर कान लगाकर सांस की आवाज़ सुनी। सांस में कफ अटक रहा था। सुखदा का शरीर कांप गया, वह मानो अभी बेहोश होकर गिर पड़ेगी। पर उसने पुकार कर कहा, "अम्मांजी, कोयले हो गए न?"

बुढ़िया अंगीठी उठा लाई। भगवती सोंठ और अजवायन पीस लाया। तीनों ने मालिश शुरू की। बहू भी आ मिली। अकेली बुढ़िया अब रो रही थी। भगवती का गला भर रहा था। बहू के हवास ठीक नहीं थे। उस समय यदि किसी को धैर्य था, साहस था, ज्ञान था, तो सुखदा को। वह कभी सिर पर, कभी पैर पर मालिश करती, कभी पेट टटोलती, कभी नाड़ी देखती। पसीना अब भी आ रहा था। अब रोगी का शरीर ओले के माफिक ठंडा हो गया।

रोगी ने कराहना शुरू किया। बुढ़िया के आंसू धड़ाधड़ बह रहे थे। सुखदा सतेज स्वर में उसे रोक रही थी। पर बुढ़िया मानो बहरी हो गई थी। उसे अपने लाल के बचने की आशा नहीं थी।

दिन निकल आया। रोगी ने पेशाब किया। पेशाब बर्तन में लेकर सुखदा ने एक ओर जाकर एक बूंद तेल की टपका दी। बूंद न हिली, न चली, न फैली, वह वहीं स्तब्ध पड़ी रही। उसने अपनी आंखों की धुंध पोंछकर देखा, वहीं थी। भगवती और वृद्धा ने एक साथ पूछा, "क्यों, क्या देखा?"

सुखदा घबरा गई। उसने बर्तन हाथ से गिरा दिया। दोनों ने फिर पूछा, "क्यों, क्या देखा?"

सुखदा ने कहा, "बर्तन ही छूट गया, कुछ मालूम नहीं पड़ा।"

अब सुखदा की हिम्मत टूट गई। वह चक्कर खाकर वहीं बैठ गई। उसकी आंखें पथरा गईं। बहू दौड़ी। बुढ़िया भी 'बेटी-बेटी' करके दौड़ी। बहू ने पानी का गिलास उसके मुंह से लगा दिया। सुखदा ने संकेत से रोककर कहा, "ज़रा ठहरो। मैं अभी ठीक हुई जाती हूं।" इतना कहकर वह फिर उठ खड़ी हुई। करारेपन से वह अपने आसन पर बैठी।

दिन चढ़ आया। डाक्टर आए, देखा-भाला; शीघ्र ही वे बहुत गंभीर हो गए। सब उन्हीं की तरफ़ देख रहे थे। डाक्टर साहब क्या कहते हैं, यह सुनने को सब उत्सुक थे, पर सुखदा अपने काम में लगी थी, वह नहीं चाहती थी कि डाक्टर कुछ राय दे।

उसने पूछा, "डाक्टर साहब, अब दवा कितनी-कितनी देर में जाए?"

डाक्टर कुछ देर खड़े सोचते रहे। फिर भगवती की तरफ़ एक नज़र फेंककर उदासी से बोले, "दवा और मालिश निरंतर चलती रहनी चाहिए। मैं एक घंटे में आता हूं।"

एक घंटा बीत गया। डाक्टर आए। थर्मामीटर लगाया पारा 99 तक चढ़ गया। डाक्टर ने एक बार देखा, दो बार देखा, आंखों पर भरोसा न हुआ। फिर झाड़ कर लगाया। पारा 99 पर था। डाक्टर के चेहरे पर मुस्कराहट छा गई। सबने व्यग्रता से पूछा, "क्या देखा?"

इस बार सुखदा ने भी डाक्टर की ओर देखा। डाक्टर ने सब ओर से मुंह फेरकर सुखदा ही से कहा, "ईश्वर की दया अपरंपार है। हरारत बढ़ रही है। मालिश किए जाओ। एक घंटे में फिर मैं आता हूं।"

बुढ़िया ने धरती पर लेटकर डाक्टर के पैर पकड़ लिये। उसने आंचल हाथ में लेकर कहा, "आप मेरे लिए भगवान की तरह हो! मेरा लाल बच भी जाएगा?"

डाक्टर की आंखों में आंसू आ गए। सुखदा मालिश कर रही थी।

बारह बज गए। डाक्टर ने आकर देखा, ज्वर 102 डिग्री है। यह भी देखा, श्वास ठीक है, और यह भी देखा कि रोगी के होश-हवाश ठीक हैं। उसने सोने की दवा देकर कहा, "अब तुम खाओ-पीओ, कोई चिंता नहीं। सब ठीक हो गया।"

सुखदा ने हाथ रोककर कहा, "क्या मालिश की जरूरत नहीं?"

डाक्टर ने कहा, "नहीं।"

सुखदा ने पोटली धरती पर डाल दी। उसने सास से कहा, "अच्छा अम्मांजी! तुम चौके में रसोई बनाओ। त्यौहार का दिन है। ब्राह्मण-भोजन होना चाहिए।"

भगवती ने बहू से कहा, "जाओ, तुम जाकर रसोई बना लो, हम लोग तो यहां हैं।"

बहू चली गई। सुखदा के कहने-सुनने से बुढ़िया भी चली गई। सुखदा ने पुकार कर बहू से कहा, "अम्मांजी को स्नान कराकर कुछ खिलाना, कल से उन्होंने कुछ नहीं खाया है।"

रसोई तैयार हुई। ब्राह्मण भोजन कर गए। बहू ने सुखदा से आकर कहा, "चलो जीजी! भोजन कर लो।"

प्रवीण सो रहे थे। सुखदा ने मुंह पर उंगली रखकर चुप रहने का संकेत किया, और चले जाने को कहा। पर बहू ने न माना। बुढ़िया ने भी आकर धरना दिया। जब सुखदा की एक भी न चली, तो रोगी के प्याले में खाट के पास जो थोड़ा दूध रखा था, उसे पी लिया। उससे अधिक उसने किसी की एक न सुनी। सब जिद करते रह गए।

फिर भी त्योहार के दिन सुखदा के कंठ से पति का उच्छिष्ट उतरा, इससे उसे तृप्ति ही हुई। वृद्धा और बहू लाचार लौट गईं। पीछे वृद्धा को खिलाने में बहू को भी बड़ा कष्ट उठाना पड़ा।

दिन बीत गया। प्रवीण की एक बार नींद टूटी। पर वे कुछ बोल और कह न सके। सुखदा ने जो दवा उन्हें पिलाई, पी ली और थोड़ा दूध भी पी लिया, और सो गए। सुखदा बैठी उनका मुख ताकती रही। धीरे-धीरे रात गंभीर हुई।

भगवती, वृद्धा और सबने हठ की, पर सुखदा ने अपना आसन नहीं छोड़ा। वह बार-बार पति की छाती पर झुककर सांस देखती थी। उसे प्रतीत होता था, आज स्वामी आधी नींद सो रहे हैं।

रात का सन्नाटा था। सब सो रहे थे। सुखदा चुपचाप पति का मुख निहार रही थी। उस समय वह मुख देखने योग्य नहीं था। दाढ़ी के बाल बढ़कर उलझ रहे थे, दुर्गंध आ रही थी। मुख पीला और मलिन हो रहा था। पर सुखदा को उसे जी-भर देखने का अवसर कब मिला था? यद्यपि वह उसी का मुख था, पर उसे कभी मिला नहीं था। उसके मन में कुछ बात आई, और वह धीरे-धीरे बड़ी सावधानी से मुख पर झुकी, पर उन होंठों को चूम न सकी। उसे इतना साहस न हुआ। वह प्रातःकाल की भयंकर स्थिति को सोचकर कांप गई। उसके अनन्तर ही उसके हृदय में भक्ति और आस्तिकता की लहर उठी।

एकाएक प्रवीण हड़बड़ा कर उठ बैठे। सुखदा ने लपक कर उन्हें पकड़ लिया। प्रवीण ने क्षीण, किंतु घबराए स्वर में कहा, "दस्त!" इसके बाद ही बिस्तरे में बड़े ज़ोर से उनका दस्त निकल गया, बड़े ज़ोर का शब्द हुआ, और सारा आंगन तथा सुखदा के वस्त्र भी खराब हो गए। दुर्गंध के मारे घर-भर सड़ गया। आज चालीस रोज़ में रोगी को दस्त हुआ, इसके बाद ही व निस्तेज होकर पड़ रहे।

सुखदा ने किसी को जगाया नहीं। उसने तुरंत बिछौना बदलकर पति को सुला दिया, धोती बदल दी।

प्रवीण की निद्रा टूट चुकी थी। मूर्छा भी नहीं थी। इसी दस्त के साथ मानो रोग गया, तन का भी और मन का भी। वे खाट पर पड़े-पड़े सोचने लगे कि क्या हो रहा है? उन्हें स्थिति का ज्ञान हुआ। रोगी अवस्था में भी जब-जब सजग होते, घर और सुखदा को पहचानते थे। आज उन्होंने देखा, वही सुखदा, जिसकी ओर उन्होंने कभी आंख उठाकर नहीं देखा, उनकी कैसी सेवा कर रही है! आज ढाई मास से उसने अन्न का दाना नहीं खाया, केवल पति का अवशिष्ट पथ्य खाकर प्राण रखा है।

धीरे-धीरे प्रवीण खाट पर पड़े-पड़े अपने पूर्वचरित्र का ध्यान करने लगे। एक-एक करके उनके कृत्य उनके सम्मुख आए। अब वे विचलित हो उठे। उनका हृदय उमड़ पड़ा, वे रोने लगे। रोने का तार बंध गया। उसे वे किसी तरह नहीं तोड़ सके। सुखदा बड़ी सावधानी से निःशब्द आंगन साफ करके मिट्टी से लीप रही थी। प्रवीण उसे देख-देखकर चुपचाप निःशब्द रो रहे थे। आंसुओं से तकिया भीग गया। अब उन्हें प्रतीत हुआ, कहां मेरा वह नीच व्यवहार, प्रबल वंचना और कहां यह सेवा और प्रेम! आज इस समय उन्हें सुखदा प्यार की पुतली दीख पड़ी। वे उसे छाती से लगाने को व्याकुल हो उठे। पर यह बात सुखदा को मालूम न पड़ी। वह सब सफ़ाई करके और सुगंधित बत्ती जलाकर दबे पैर स्वामी के पास आकर, खाट पर जरा झुककर देखने लगी, स्वामी जागते तो नहीं हैं। प्रवीण ने धीरे-धीरे अपना हाथ उठाया।

सुखदा प्रथम तो डरी। पर जब प्रवीण ने उसका हाथ पकड़ लिया, तब उसने देखा कि नरमी से हाथ पकड़ा गया है। वह बोली, "तबीयत कैसी है?"

अंधेरे में पति का रोना सती ने नहीं देखा। प्रवीण ने अपना सारा बल लगाकर स्त्री का हाथ खींचकर अपनी छाती पर रख लिया। सुखदा कंटकित हो गई। उसने फिर तनिक झुककर पूछा, "जी कैसा है?"

प्रवीण बोल न सके। उन्होंने दूसरा हाथ उसके गले में डालकर उसे अपने ऊपर झुका लिया। उसके बाद तकिये पर ज़रा उठकर उन्होंने उसका मुंह भी चूम लिया। सुखदा का सारा ज्ञान विस्मृत हो गया। वह प्रवीण के दुर्बल बाहुपाश को हटा न सकी, और वह पति की छाती पर झुक गई। दोनों छातियां धक्-धक् धड़क रही थीं। अब सुखदा को प्रतीत हुआ कि स्वामी रो रहे हैं। गरम-गरम आंसुओं ने उसके गालों को भिगो दिया। उसने धीरे से सिर उठाना चाहा, पर प्रवीण ने कसकर पकड़ लिया। अब सुखदा भी रोई, दोनों के आंसू होड़ बद-बदकर बहे। वह सुख और निस्पंद रुदन कैसा पवित्र, शुद्ध और सुखकर था!

इकतीस

रात बीत गई। प्रभात हुआ। कैसा सुंदर था वह प्रभात! पिंजरे में लटकते हुए मिट्ठू ने पुकारा, “भैया! उठो।” सुखदा ने उठकर उसकी चोंच से मुंह मिलाकर पुचकारा। उसका पिंजरा धोकर नहलाया, और दाल दी। कुत्ते ने बाहर से दोनों पंजों से किवाड़ खींचना आरंभ किया। सुखदा ने द्वार खोलकर प्यार से उस पर हाथ फेरा। दो रोटी खिला दीं। इसके बाद उसने घर-आंगन बुहार डाला। इतने में भगवती ने घर में घुसकर कहा, “भाभी! रात भैया की तबीयत कैसी रही?”

प्रश्न करने पर जो भगवती ने भाभी की प्रफुल्लित मुखाकृति देखी, तो उसका मुख भी प्रसन्न हो गया। वह चारपाई की तरफ़ को चला। सुखदा ने उत्साह से कहा, “देखना, जगाना मत। अभी आंख लगी है।”

आहट पाकर प्रवीण जागे। ज्वर बिल्कुल न था, होश-हवास ठीक थे। भगवती ने पास बैठकर पूछा, “भैया, तबीयत कैसी है?”

प्रवीण ने भगवती का हाथ पकड़ लिया। मुंह से बोली न निकली। आंखों से आंसू बह निकले।

भगवती ने अपने आंसू रोककर कहा, “भैया, भगवान ने तुम्हें अच्छा कर दिया, ये हमारे भाग्य थे।”

प्रवीण चुपचाप रोते रहे। सुखदा ने पास आकर कहा, “ऐसा क्यों करते हो?”

इतना कहकर उसने उनके आंसू पोंछ दिए। प्रवीण का रोना न थमा, उन्होंने रोते हुए स्वर में कहा, “भगवती, तुमने मुझे क्यों बचाया?”

भगवती ने कहा, “बचने की तो आशा क्या थी, तुम्हें भाभी ने बचाया है। भैया! तुम्हारे आगे हाथ जोड़ता हूं; देखो भाभी को अब दुःखी मत करना। ऐसी

सती कहीं देखी नहीं है। जानते हो, ढाई मास की कठिन तपस्या से तुम्हारा पुनर्जन्म हुआ है। इस बीच में इन्होंने न अन्न लिया, न जल, न नींद, न स्नान, न वस्त्र बदला; पत्थर की मूर्ति की तरह बैठी रही हैं। रात-दिन आंखों में गए हैं। किसी की नहीं सुनी; सब रोए, पर इन्होंने आंसू नहीं गिराए। भैया भाभी कलियुग की सावित्री हैं! इनका अपमान मत करना!"

इतना कहते-कहते भगवती का गला भर गया, और उसने अत्यंत कातर भाव से प्रवीण को हाथ जोड़े, और उसकी आंखों से आंसुओं की झड़ी लग गई।

सुखदा वहां ठहर न सकी। वह बाहर खिसक गई। प्रवीण चुपचाप रोते रहे। कुछ ठहरकर भगवती ने कहा, "रोओ मत। जो हुआ, सो हुआ। भगवान ने तुम्हें सुखी किया।"

प्रवीण ने आंखें पोंछ डालीं। सुखदा तभी सास को लेकर आ खड़ी हुई। बुढ़िया ने बेटे का सिर गोद में ले लिया, तरह-तरह के प्यार-दुलार करने लगी। धड़ाधड़ उसके आंसू बह रहे थे। गरीब सुखदा यह भी न देख सकी, वह फिर खिसक गई। प्रवीण ने कुछ झुककर माता के चरण छूने चाहे मुंह से क्षमा मांगने का बहुत साहस किया; पर क्षमा न मांग सके।

बुढ़िया ने असंख्य, असीम, अपरिमित मानताएं मनाईं। भगवती ने बात फेरने को कहा, "मां, अब कुछ दान-धर्म करना होगा।"

बुढ़िया के आंसू सूख गए। वह बोली, "बताओ, क्या दान-धर्म करना होगा।"

भगवती ने कहा, "मुझे खीर-पूरी पेट भरकर खिलाओ, और भैया की चांदी की मूठ की छड़ी दक्षिणा में दो।"

वृद्धा के होंठ हंस पड़े, पर आंखें रोती रहीं।

प्रवीण ने भगवती से कहा, "बहू कहां है? प्रमोद को बुलाओ तो।"

सुखदा ने पीछे से कहा, "नाइन बुलाने गई है। अभी वह आती होगी।"

थोड़ी देर में बहू ने घर में आकर देखा कि घर-भर प्रसन्न हैं। उसने यह देखा, प्रवीण उसे देखकर तकिये के सहारे कुछ उठे भी हैं। उसने तनिक घूंघट सरकार कर

हंसते-हंसते बच्चे को प्रवीण की गोद में दे दिया। प्रवीण ने उसे लेकर छाती से लगा लिया। प्रेम का पक्का परखैया बच्चा भी छाती से चिपक गया। एक क्षण सन्नाटा रहा। प्रवीण ने धीरे से बच्चे को हटाया। बह ने हाथ बढ़ाकर लेना चाहा। प्रवीण ने कहा, "न बहू! तुम्हें न दूंगा।

इतना कहकर उन्होंने चारों तरफ़ आंख फिरा कर सुखदा को देखा। सुखदा सिरहाने खड़ी थी। प्रवीण ने बच्चा उसी की ओर बढ़ा दिया। भगवती की आंखों में आंसू आ गए। सुखदा ने बच्चे को गोद से चिपका लिया।

भगवती ने गद्गद कंठ से कहा, "भाभी, प्रमोद तुम्हारा हुआ।"

सुखदा ने एक बार भगवती की ओर कौतूहल से देखा। फिर बहू की ओर देखा। बहू ने भी हंसकर कहा, "यह लो जीजी इसकी टोपी!"

•••

www.ingramcontent.com/pod-product-compliance
Ingram Content Group UK Ltd.
Pitfield, Milton Keynes, MK11 3LW, UK
UKHW022023041026
15591UKWH00012B/465

9 789354 860355